捧 读

触及身心的阅读

弗雷德里克·布朗
经典科幻小说集

穹顶之下
Under the Dome

〔美〕弗雷德里克·布朗 著
Fredric Brown
张璋 译

张进步 程碧 主编

南方出版社
·海口·

图书在版编目（CIP）数据

穹顶之下 / (美) 弗雷德里克·布朗著 ; 张璋译 ;
张进步, 程碧主编. — 海口 : 南方出版社, 2024.4
ISBN 978-7-5501-8868-6

Ⅰ.①穹… Ⅱ.①弗… ②张… ③张… ④程… Ⅲ.
①短篇小说－小说集－美国－现代 Ⅳ.①I712.45

中国国家版本馆CIP数据核字(2024)第044315号

穹顶之下
QIONGDING ZHI XIA

〔美〕弗雷德里克·布朗【著】

张璋【译】　张进步　程碧【主编】

责任编辑：　姜朝阳

装帧设计：　仙境设计

出版发行：南方出版社

邮政编码：　570208

社　　址：海南省海口市和平大道70号

电　　话：(0898) 66160822

传　　真：(0898) 66160830

经　　销：全国新华书店

印　　刷：宝蕾元仁浩（天津）印刷有限公司

开　　本：889 mm×1194 mm　　1/32

印　　张：8

字　　数：185千字

版　　次：2024年4月第1版　2024年4月第1次印刷

定　　价：45.00元

译者序
‖ 发现弗雷德里克·布朗 ‖

"写作没有固定规则。如果你愿意，你可以写一篇故事，其中没有冲突、悬念、开头、中间或结尾。当然，你必须被人们视为天才，他们才会接受你写出这样的故事，这就是最难的部分——让每个人相信你是个天才。"

——弗雷德里克·布朗

弗雷德里克·布朗（Fredric Brown）是一位美国科幻、悬疑小说作家。当今的科幻小说读者可能对他并不熟悉，毕竟他的创作高峰期在20世纪40年代到60年代初，而主要的作品类型又是发表在"纸浆杂志"上的相对轻松的短篇小说，即使在当时，他也不是那种顶尖的严肃科幻作家。其实在开始翻译本书之前，我对作者的了解也仅限于其是一位写过很多短篇的早期科幻作家，但在深入了解他的作品后，我们会发现弗雷德里克·布朗即使在今日也值得被重新发现，重新阅读。

弗雷德里克·布朗以短篇小说闻名，特别是往往只有一两千字甚至几百字的超短篇。他的短篇作品能够在极为有限的篇幅内，通过出人意料的灵感创意、巧妙的情节设计与大胆的叙事实验，将科幻主题、幽默风格、悬念设置和欧·亨利式的反转结局融于一体。布朗和很多"纸浆杂志"时期的作家一样，将写作作为重要且紧迫的经济来源，他的写作速度惊人，在极短的时间内呈现出了天才的想象力。在这些轻松通俗的作品中，作者也加入了他对人类社会的深刻反思，对未来人类社会发展方向的思考，以及反战、反威权主义、反种族主义等社会观点。

弗雷德里克·布朗在科幻作家群体中拥趸颇多，对很多后来的科幻作品产生了深远影响，他的很多短篇小说被不同的科幻剧集改编。比如他于1944年发表的作品《竞技场》（*Arena*）被改编成了《星际迷航：原初系列》中同名的一集，同时也被美国科幻和奇幻作家协会评为星云奖诞生前的20篇最佳短篇科幻小说之一。菲利普·K.迪克称布朗1945年的短篇小说《波态生物》（*The Waveries*）[1]"可能是科幻小说迄今为止最重要的——令人惊讶的——故事"。弗诺·文奇称自己的作品《学徒》受到了布朗作品《致凤凰的信》（*Letter to a Phoenix*）的直接影响。海因莱因的《异乡异客》也受到了布朗的影响。安伯托·艾柯在《丑的历史》中称布朗的《哨兵》（*Sentry*）[2]为"当代科幻小说中最优秀的短篇小说之一"，并以此作品的反转结局为例，来说明丑陋的定义与审美的标准是因不同文化环境而异的。悬疑大师斯蒂芬·金将他的作

---

1 |《波态生物》收录在同系列《最后的火星人》中。

2 |《竞技场》和《哨兵》收录在同系列《地球上最后的敲门声》中。

品纳入书单，且星标为"特别重要"。

布朗的作品经常带有浓厚的讽刺性，1949年出版的第一部长篇科幻小说《好个疯狂宇宙》（*What Mad Universe*）就是一部对通俗科幻小说和太空歌剧类型的戏仿反讽之作。1955年的《火星人，滚回家》（*Martians, Go Home*）则是对火星人入侵主题的幽默改写——这部作品中的火星人并不使用武力入侵，而是直接来到地球与人类共存，同时以尖酸刻薄的讽刺态度点评人类生活的方方面面，直到把人逼疯。他1954年发表的《回答》（*Answer*）中，制造超级计算机的人问计算机："神是否存在？"计算机回答道："是的，现在神存在了。"这被认为是最早讨论计算机可能脱离人类控制的科幻作品之一。

除了科幻小说外，弗雷德里克·布朗在悬疑小说创作方面也颇有建树。他的创作生涯其实是在1938年从短篇悬疑小说开始的，1941年才开始涉足科幻小说。他的第一部长篇悬疑小说《精彩的酒托》（*The Fabulous Clipjoint*, 1947）获得了埃德加·爱伦·坡奖的最佳处女作奖，这是他"埃德和安布罗斯·亨特叔侄侦探系列"的第一部，此系列共有七部，是他在悬疑小说领域的代表作。美国侦探小说大师劳伦斯·布洛克很喜欢布朗，他的"雅贼"系列小说最新的一本名为《遇见弗雷德里克·布朗的贼》，于2022年出版。

由于创作年代较早，弗雷德里克·布朗作品部分与性别观念相关的内容也受写作时美国社会普遍的性别观念所限，不符合当代的价值观。出于对作品原貌，译文中对此类情况的处理是按原文翻译，同时加注释说明原文的创作时间。另外，作品中某些技术上的设定，例如人类在星际航行的时代仍使用钢笔和墨水瓶写字、使用电报通信等，如今看来有些过时了，但也颇为有趣，或许未来的读者看现在创作的科幻小说时，也会发现这种有趣的细节吧。

张 璋

2023 年 10 月 20 日

目录 contents

穹 顶

　　凯尔·布雷登坐在舒适的扶手椅上，盯着对面墙上的开关，思考这是第 100 万次还是第 10 亿次要冒险关上这个开关。他也是第 100 万次想到，或者是第 10 亿次想到，就在今天下午，这个开关已经启动 30 年了。

　　关闭开关可能意味着他会死，但他不知道会以何种形式死。当然不会是被原子弹炸死，人类所有的原子弹估计在很多年前就都用完了。是的，核战争持续了很长时间，足以完全摧毁人类文明。人类制造的原子弹远比摧毁人类文明所需的数量多。30 年前，他做过缜密的计算，结果是人类在经历核战争后，基于残存的东西真正建立起新的文明，还需要差不多一个世纪的时间。

　　但现在，在这个仍然保护着他、让他免于恐惧的穹顶力场之外，发生了什么事？人已经变得像野兽一样了吗？或者说人类已经彻底灭绝，把这片土地留给了其他不那么邪恶的野兽？不，人类会在某个地方生存下来，人类文明最终总会复兴的。也许他们会把核战争对自己的伤害记录下来，至少作为传说保留下来，从而吸取教训，避免重蹈覆辙。又或者，即使人类保留了完整的核战争记录，也未必能阻止未来悲剧重演？

30年了，布雷登想。他叹了口气，为这漫长而沉重的30年。然而他仍然拥有生存所需的一切，独自活着总比没活路好——尤其是在死亡方式很恐怖的情况下。孤独总比突然被杀死要好。

30年前，他37岁的时候，就是这么想的。现在，他已经67岁了，还是这么想。他没有为自己的选择而后悔，一点儿也没有，但他现在累了。他在思考，第100万次——也许是第10亿次——思考，他是否还没有准备好关上那个开关。

也许，只是也许，穹顶之外的人类已经努力恢复了某种合理的生活方式，哪怕只是种地。他可以帮助那些人，可以为他们提供所需的物品和知识。在他真正衰老之前，他可以获得他们的感激，享受帮助他们的成就感。

另外，他也不想孤独地死去。他可以一个人生活，这在大多数时候还是可以忍受的，但孤独地死去是另一回事。不知为何，他觉得独自死在穹顶之中比被外面的野蛮人杀死更痛苦。他估计外面的人类会变成新的野蛮人。才过了30年，期待外面已经恢复了农业生产实在是过于乐观了。

今天是个关闭穹顶力场开关的好日子。正好30年，如果他的精密计时表还准确的话。即使过了30年，精密计时表的误差也不会太大。再过几个小时，就是30年前的同一天、同一时刻——精确到分钟。是的，尽管那个开关一旦关闭就不能再启动了，他还是会在那一时刻关掉它。直到现在，每当他考虑要关闭开关时，都是这件事的"不可撤回性"阻止了他。

如果穹顶力场可以关闭后再启动的话，做这个决定就很容易了，他早就会试着关一下了。也许会在穹顶力场启动10年或是15年后尝试。但在关闭状态下启动这个力场需要巨大的能量，而维持它所需的能量却很少。他最初启动力场的时候，还可以使用外部的电力。

当然，在他启动穹顶力场的那一刻，力场本身就隔绝了与外界的一切连接，但这座建筑内的电力足以满足他的需求，并提供维持力场所需的微不足道的电量。

是的，他突然间做出了明确的决断，再过几个小时，他就关闭开关——在穹顶启动时间正好30年的那一刻。30年的孤独时光已经够长了。

他并非刻意选择了孤独。要是他的秘书迈拉没有抛弃他就好了……现在想这个已经太晚了，但他又一次想到了这件之前已经想过无数次的事。这太荒唐了，为什么她会想要分担其他人的命运，想要尝试帮助那些她无力去帮助的人？她爱过他。如果她没有那种堂吉诃德式的想法，她就会嫁给他。都怪他把事情解释得太生硬了，震撼到了她。要是她能留在他身边，那该多好啊。

之所以出问题的一部分原因是消息来得比他预期的要

早。那天早上，关掉收音机的时候，他知道只剩几个小时了。他按下了叫迈拉进来的按钮。她进来了，美丽、冷静、镇定自若。那样子会让人觉得她一直没听新闻广播，也没有读报纸，让人觉得她不知道世界上正在发生什么事。

"坐下，亲爱的。"他对她说。她听到这种意料之外的称呼后，眼睛睁大了一点，但还是优雅地坐到她平时一直坐着记录布雷登口述的那把椅子上。她拿好了铅笔。

"不是要你干活，迈拉，"他说，"是私人事务——非常私人的。我想向你求婚。"

她的眼睛完全睁大了。"布雷登博士，你是在开玩笑吗？"

"不。绝对没开玩笑。我知道我比你年纪大一点，但我希望你不会觉得我大太多。我37岁了，虽然因为我总是在工作，看起来可能有点老。你——现在是27岁吧？"

"上周满28岁了。但我不是在考虑年龄的问题。只是……'这太突然了'[3]，听起来像是在开玩笑，确实太突然了。你甚至从来没有……"她顽皮地咧嘴一笑，"你甚至从来没有挑逗过我。而且在我一起工作过的人里，你是第一个没有这样做过的人。"

布雷登对她微笑着说："对不起。我不知道这种事会是理所当然的。但是，迈拉，我是认真的。你愿意嫁给我吗？"

她若有所思地看着他："我不知道。奇怪的是，我想我有一点儿爱你。我不知道我为什么应该爱你。你一直非常冷淡，公事公办，一直全心专注在工作上。你从未尝试亲吻我，

---

3 | 此处是迈拉在模仿爱情片中的台词。

-4-

甚至从未赞美过我。[4] "但是……好吧，我不喜欢这个突如其来、不合时宜的求婚。你要不要马上重新问我一次呢？同时……嗯，你可以告诉我，你爱我。这会对你有所帮助。"

"我爱你，迈拉。请原谅我刚才没说，但至少——你没有绝对不愿意嫁给我，你没有拒绝我。"

她缓缓地摇头。她看着他——她的眼睛非常美丽。

"那么，迈拉，我要解释一下为什么这么晚又这么突然地向你求婚。首先，我一直在争分夺秒地拼命工作。你知道我一直在研究什么吗？"

"我知道是和防守有关的事。某些……防御装置。而且，如果我没搞错的话，你一直在自己研究这个，没有获得政府的支持。"

"没错，"布雷登说，"政府高层不相信我的理论，大多数其他物理学家也不认同我的观点。但幸运的是，我前些年在电子学领域获得了一些专利，从中得到了一笔只属于我自己的财富——虽然现在花掉了很多。我一直在研究的那种装置可以防御原子弹、氢弹以及其他核武器，只要它们的威力还没大到炸掉地球就行。这种装置是一个球形的防御力场，任何东西都无法穿透它。"

"你是说……"

"是的，我成功了。防御力场现在已经准备好了，随时可以笼罩这座建筑，而且只要我希望它维持下去，它就可以一直存在。我想让它维持多久，它就能维持多久，没有任何

---

4 | 本文写于 1951 年，这里的说法反映了作者当时的性别观念和对职场行为规范的理解。

东西能够穿过它。此外，这座建筑里储存了大量的各种物资，甚至有用来建水培菜园的种子和化肥。这里的东西足以满足两个人一辈子的生活所需。"

"但是你要把这个成果交给政府，你会这样做吧？如果它可以防御氢弹的话……"

布雷登皱起眉说："确实可以防氢弹，但不幸的是，它在军事上的实用价值可以忽略不计。政府高层在这方面的判断是正确的。你看，迈拉，笼罩这座建筑的穹顶力场直径为80英尺[5]，当我启动这个力场时，消耗的电量可能会使整个克利夫兰的照明系统瘫痪。

"要建立一个足够大的穹顶力场，即使只是笼罩在一座小村庄或一处军营上，要消耗的电量也比全国几周所消耗的还多。而如果要关闭力场，让一些人或者一些东西进出的话，重新启动力场时需要消耗同样巨大的电量。

"政府能想到的这种防御力场的唯一用途，就是我打算用在自己身上的。它可以保护一两个人，最多几个人的生命，让这些人躲过核战争的浩劫和接下来会发生的野蛮行径。而且，除了这座建筑之外，即使只是想保护几个人也太晚了。"

"太晚了？为什么？"

"已经没有时间建造这种装置了。亲爱的，战争已经开始了。"

她盯着他，脸色惨白。

他说："几分钟前，广播中说，波士顿被原子弹摧毁了。

---

5 | 原文采用英制度量衡，80英尺约合24.4米，下文中的20英尺约合6.1米，40英尺约合12.2米。

战争已经开始了。"他加快了语速，"你知道这一切意味着什么，结果会是什么。我要启动穹顶力场，然后一直维持着它，直到可以安全地出去为止。"他没有告诉她，他认为在他们有生之年，都不是完全安全的，但这会更加吓到她。"我们现在没法帮助别人了——为时已晚。但我们还能拯救自己。"

他叹了口气，说："我很抱歉我只能如此唐突地求婚。但现在你明白原因了。我也不会请求你马上嫁给我。只需要留在这里，直到你觉得可以了为止。请给我机会，让我说那些我早该说的话，做那些我早该做的事。"

"一直以来，"他对她笑了笑，"一直以来我都在拼命工作，从早到晚，都没有时间向你示爱。但是现在有时间了，很多的时间——我真的爱你，迈拉。"

她突然站了起来。她心不在焉地几乎是盲目地向门口走去。

"迈拉！"他喊道。他跟着她绕过桌子。她在门口转身，让他停步。她的表情和声音都很平静。

"我得走了，博士。我受过一些护士培训，人们需要我。"

"但是，迈拉，想想外面会发生什么！人们会变成禽兽。人们会死得很惨。听我说，我真的很爱你，不能让你遭受这些。留下来，求你了！"

令人惊讶的是，她对他微笑了："再见，布雷登博士。我想我还是得跟那些你说是禽兽的人一起死去。我想，在这种事上，我一定是疯了。"

她走出去，关上了门。他从窗户里看着她走下台阶，她走到人行道上后就跑了起来。

上空传来喷气式战斗机的轰鸣。他想，这么快就能出动，大概是本国的战斗机，但也可能是敌人的——飞越北极，穿过加拿大，飞得极高，逃过了侦测，然后加速低空俯冲，飞越伊利湖，攻击目标之一就是他所在的克利夫兰。甚至他们已知道了他和他的研究成果，所以把克利夫兰作为首要的攻击目标。他跑到开关旁，启动了穿顶力场。

窗外，距窗户20英尺的地方，一片灰色的虚无突然出现。外界所有的声音都消失了。他走出房子，看了看穿顶——它可见的一半是一个灰色的半球，高40英尺，直径80英尺，尺寸正好足够笼罩这座大致是个正立方体的两层建筑——他的住宅兼实验室。他知道它的地下部分也会向下延伸40英尺，形成一个完美的球体。没有任何攻击力量可以从上面进来，也没有任何东西能从下面进来，连一条蚯蚓都不行。

这30年来都不行。

好吧，这30年过得还算不错，他想。他有藏书陪伴，经常读最喜欢的那些书，几乎能背下来了。他一直在做试验，尽管在过去的7年里，年过六十后他逐渐失去了动力和创造力，但他还是完成了一些不太重要的研究。

他的新发明里没什么能跟这个穿顶力场相媲美，甚至能跟他之前的发明相比的都没有——不过他也确实没什么潜心研究的动力。不管他发明什么，对他或者对其他人有用的可能性都太小了。如果一个野蛮人不知道如何调节收音机的波段，更别提如何制造一台收音机，那么对他来说，电子学上的高新技术是不可能有任何用处的。好吧，就算不开心，这些也足以让他保持理智了。

他走到窗前，透过窗户凝视着20英尺外那灰色的虚无之物。如果他能暂时把它降下来，等到看见他预期会看见的景象时，再迅速让它恢复的话就好了。但没办法，穹顶一旦关闭，就彻底关闭了。

他走到开关旁，站在那里，凝视着它。突然间，他伸手拉下了开关。他缓慢地转身面向窗户，然后几乎是跑到了窗前。灰色的力场壁消失了，它后面的景象实在是令人难以置信。

不是他所熟悉的克利夫兰，而是一座美丽的、全新的城市。原本狭窄的街道变成了宽阔的林荫大道。房屋、建筑物，干净又漂亮，但建筑风格很陌生。草地、树木，一切都是完好的。发生了什么？怎么会这样？核战争之后，人类文明不可能恢复得这么快、这么好。如果是这样的话，所有的社会学研究结果就都是错误的、荒谬的。

人们都去了哪里？一辆汽车驶过，仿佛是在回应他的这个问题。一辆汽车？看样子是他以前从未见过的车。它看起来速度更快、线条更流畅、操控性更灵敏，它似乎完全没有接触路面，就好像反重力抵消了它的重量，而陀螺仪赋予了它稳定性。车里坐着一男一女，男人在开车。那男人年轻又英俊，女人年轻又美丽。

他们转了个弯，向他的方向驶来，突然停下了车——以他们原本的行驶速度来说，停车距离短得令人难以置信。当然，布雷登明白他们为什么停车，他们以前曾经开车经过这里，这里有个灰色的穹顶，但现在穹顶消失了。汽车又开走了。布雷登想，他们一定是去告诉别人了。

他走出门，到了外面，来到那条景色宜人的林荫大道上。来到外面，他才意识到为什么人和车辆都这么少了。他的表出问题了。30多年，至少有几个小时的误差。从太阳的位置来看，现在是清晨，在6点到7点之间。

他步行离开了这里。如果他留在那儿，留在那座被穹顶笼罩了30年的房子里，那对看到了穹顶已经消失的年轻男女告诉别人之后，就会有人过来。虽说不管来的是谁，都会向他解释发生了什么，但他还是更想自己弄清楚，逐渐了解发生的事情，而不是听别人一起解释。

他走在路上，没有遇见任何人。周围是一片高级住宅区，这种地方居民不多，而且现在时间还早。他远远地看到过几个人。他们的着装风格与他不同，但没有太大差异，不会让他马上成为别人好奇的对象。他看到了更多那种先进得令人难以置信的汽车，但车上的乘客都没注意到他。那些车的速度快得令人不可思议。

最后，他看到了一家已经开门的商店。他走了进去。现在他充满了兴奋和好奇，没法再等下去了。一个卷发的年轻人正在柜台后面整理货物。他用几乎不敢相信的眼神看着布雷登，然后礼貌地问："有什么可以帮您的吗，先生？"

"请别以为我疯了，我稍后会向你解释。只需要先回答一个问题。30年前发生了什么？不是一场核战争吗？"

年轻人的眼睛亮了："哇，你一定就是那个一直在穹顶下面的人吧，所以你才会……"他停了下来，似乎是陷入了尴尬之中。

"是的，"布雷登说，"我一直在穹顶下面。但是发生了什么事？波士顿被摧毁后发生了什么？"

"太空飞船，先生。波士顿被摧毁是意外事件。一支来自金牛座 α 星的太空舰队来到了地球。他们是一个比我们先进得多的仁慈的外星种族。他们来欢迎我们加入银河联盟，并帮助了我们。不幸的是，其中一艘飞船坠毁在波士顿——它的原子能引擎爆炸了，造成 100 万人丧生。但其他飞船几小时内就在世界各地着陆，解释情况，向地球人道歉，险而又险地避免了战争。美国空军已经出动了，但军方成功撤回了部队。"

布雷登的嗓子沙哑了："那就是说，没有发生战争？"

"当然没有。多亏了银河联盟，现在战争已经是过去的黑暗时代才会有的东西了。我们现在甚至没有国家政府来发布宣战声明。不可能再有战争了。在银河联盟的帮助下，我们的进步非常大。我们在火星和金星建立了定居点——这两颗行星没有原住民，联盟把它们分配给了我们，这样我们就有更多的发展空间了。但火星和金星也只是'附近的地方'。我们现在还可以前往太阳系之外的星球。我们甚至……"他停止了说话。

布雷登紧紧抓着柜台边。他错过了这一切。他独自度过了 30 年，现在已经是一个老人了。他问："你到底有什么？"

他内心有某种东西告诉他接下来会听到什么，他几乎听不见自己的声音。

"好吧，我们还没有永生不死，但我们比之前更接近它了。我们现在能活几百年。30 年前，我并不比你那时候年轻多少。但是——恐怕你错过了，先生……银河联盟给我们的长寿疗法只对中年以下、不超过 50 岁的人类有效。而你现在……"

"67 岁，"布雷登生硬地说，"谢谢。"

是的，他错过了一切。星际旅行——过去，他几乎愿意付出一切换来星际旅行的机会，但他现在不想了。还有迈拉。

他本可以和她在一起，而且他们都会保持青春。

他走出那家商店，回头向那座原本位于穹顶之下的建筑走去。现在应该已经有人在那里等他了。也许那些人会给他现在唯一想要的东西——用来重新启动穹顶力场的电力，这样他就可以在穹顶之下度过剩下的生命。是的，他现在唯一想要的就是他曾经以为自己最不想要的——他已经独自活了30 年，现在他只想独自死去。

第二次机会

杰伊和我在芝加哥新科米斯基球场的看台上，观看 1959 年 10 月 9 日美国职业棒球大联盟总决赛的重赛。比赛即将开始。

原本的那场比赛的时间恰好距现在整 500 年，那是总决赛的第 6 场，洛杉矶道奇队以 9：3 获胜，赢得了冠军。当然，尽管这场比赛开始时的条件已经尽可能接近原本的那场比赛了，但这次重赛的结果还是可能会有所不同。

芝加哥白袜队在场上热身，先发球员们在内场做了几次抛接球，然后将球抛给首发投手韦恩，进行热身投球。克鲁谢夫斯基是一垒手，福克斯是二垒手，古德曼是三垒手，阿帕里西奥是游击手。道奇队的首发击球手是吉列姆，第二棒是尼尔。攻守交换后，道奇队的首发投手是波德雷斯。

当然，他们并不是原本那场比赛中的球员了。他们是仿生人，是被制造出来的人。与一般机器人的不同之处在于，他们的身体不是金属的，而是由柔性塑料材质制成，由在实验室中培育而成的人工肌肉提供动力，设计、制造他们是为了更精确地模拟人类。他们是 500 年前那些球员尽可能精确的复制品。在复制所有来自古代球赛及体育竞赛的运动员之前，已对这些运动员的早期记录、图片、电视录像和其他信息源都进行了详尽的研究。每个仿生人不仅看起来像他所模仿的那个古代球员，打球的风格也与那个古代球员完全一致，而且他的技术水平也被调整到和他所模仿的球员一样，不会超过那个球员。仿生球员没有打满过整个赛季——棒球现在只打职业棒球大联盟的总决赛——每年在原本比赛的 500 年纪念日时打，但如果他打满了整个赛季，他在打击和守备方面的平均数据就会与他所模仿的那个球员相同，投手的数据也一样。

理论上，重新比赛的比分应该和原本那场的完全相同，但当然会有意外。而且事实上，两支球队的教练——他们也是仿生人——可能会选择使用不同的战术并排出不同的球员阵容。通常情况下，在原本那个系列赛中获胜的球队在新的系列赛中也会获胜，但若经过几场比赛就不一定相同了，而且单场比赛的比分有时会与原本那场比赛有巨大差异。

在这一场比赛中，前两局的比分与原本那场比赛相同，都是 0：0，但第 3 局的比分差异很大，那原本是道奇队拿下 6 分的重要一局。这一次，白袜队的韦恩让 3 名球员上垒，其中只有 1 名球员出局，但韦恩成功止住了对手的势头，让道奇队这一局 1 分未得。

看台和更远的廉价座位上开始喧闹起来。支持白袜队的杰伊现在跟我打了个赌，在那半局结束之前，他一直不敢开出对等的赌注。

在第 6 局中——比赛都有录像了，还何必细说呢？白袜队真的赢了，他们以 1 分的优势获胜，把悬念留到了下一场。目前总比分 3 : 3 平，白袜队明天有机会彻底翻盘，赢得总冠军。

杰伊（他的真名是大写字母 J，后面跟着 12 位数字）和我起身离开，其他观众也都准备离场。整个看台上席卷过一片闪亮的钢铁波浪。

"我想知道，"杰伊说，"看一场像以前那样真正由人类打的球赛会是什么感觉。"

"我倒只想知道，"我说，"看到一个真正的人类会是什么样。我出厂还不到 200 年，而人类已经灭绝至少有 400 年了。你想和我一起去加润滑油吗？如果我今天不去加润滑油，我就要开始生锈了。明天的比赛你想赌什么？就算人类没有第二次机会，至少白袜队有。嗯，我们已经尽可能地保留人类的传统了。"

天狼星的小风波

我兴高采烈地从老虎机的钱箱里取出最后一些硬币，并计算它们的金额，孩子她妈把我说出来的钱数记在小红本上。数额令人满意。

是的，我们在天狼星的两颗行星——托尔和弗丽达上面的生意都做得很好。尤其是弗丽达。那些小规模地球殖民地对任何形式的娱乐都渴望得要命，而钱对他们来说不算什么。他们排起长队等着进我们的帐篷，把硬币塞到老虎机里——所以就算这次旅行的费用很高，我们的收支状况还是很好。

是的，孩子她妈正在计算的那些数字真是令人欣慰。当然，她总是加错总和，但等到她最终放弃的时候，艾伦会算对。艾伦擅长算术，身材也很不错[6]，虽然我不该这么评论自己的独生女。这自然要归功于孩子她妈，而不是我。我的身材就

---

6 | 此处原文是一个利用了"figure"的"数字"和"身材"两种含义的双关文字游戏，"擅长算术"是"good at figures"，"她自己的身材也很不错"是"got a good one herself"（其中 good one 指 good figure）。

像一艘笨重的太空拖船。

我把"火箭竞赛"老虎机的硬币箱放回原处，抬起头来。"孩子她妈……"我刚开始说话，驾驶室的门就开了，约翰尼·莱恩站在门口。艾伦坐在妈妈对面，她放下书本，也抬起头来，眼睛睁得大大的，闪闪发亮。

约翰尼动作利落地向我敬礼。按规定，私人飞船的领航员应向船主兼船长行礼。这个敬礼总是让我很不舒服，但我没能说服他放弃，因为按规定他应该这样做。

他说："前方有物体，惠里船长。"

"物体？"我问道，"什么样的物体？"

你能明白吧，从约翰尼的声音和表情上，根本猜不出他的敬礼是不是由衷的。火星城市理工学院训练飞行员，让他们完全面无表情，而约翰尼以优异成绩毕业。他是个好孩子，但他哪怕要告诉别人世界末日来临了，也会用告诉别人晚餐吃什么的平淡语气，如果告诉别人晚餐吃什么也是飞行员的工作的话。

"似乎是一颗行星，长官。"他只说了这一句话。

我花了很长时间才弄明白他的话是什么意思。

"一颗行星？"我问，我还是有点糊涂。我盯着他，希望他喝了酒，或者是类似的情况。倒不是因为我无法接受他真的在清醒的状态下看到了一颗行星，而是因为如果约翰尼真的能放松下来，愿意喝上几杯，酒精可能会让他不总是那么一板一眼的。然后就有人可以和我聊天了。如果只有两位女士和一个一切都循规蹈矩的理工学院毕业生为旅伴，在太空中航行是很孤独的。

"一颗行星，长官。应该说是一颗行星尺寸的物体，直径约 3000 英里[7]，目前距离我们两百万英里，显然在一条围绕天狼星 A[8] 的轨道上运动。"

"约翰尼，"我说，"我们目前的位置在托尔的轨道内部，托尔是天狼星一号行星，这意味着它是距离天狼星最近的行星，更近的位置怎么可能还有其他行星？你不会在开玩笑吧，约翰尼？"

"长官，您可以亲自去看观测屏，并检查我的计算结果是否正确。"他生硬地回答。

我起身走进驾驶室。前方观测屏中央显示着一个圆形物体。好吧，检查他的计算结果又是另一回事了。我的数学水平最多也就能数清老虎机里的硬币。但我愿意相信他的计算结果没问题。"约翰尼，"我几乎在喊，"我们发现了一颗新行星！这是不是件大事？"

"是的，长官。"他用一贯的就事论事的平淡语气评论道。

这是件大事，但也不是太重大。我的意思是，天狼星系被人类殖民的时间并不长，有一颗之前没有被发现的直径 3000 英里的小行星也就不足为奇了，特别是（虽然现在还不确定）如果它的轨道偏心程度非常高的话。

驾驶室空间不够，没法让孩子她妈和艾伦也进来，但她

---

7 | 原文采用英制度量衡，一英里约合 1.6 公里。

8 | 天狼星是一个双星系统，其中主星称天狼星 A，伴星称天狼星 B。另外文中提到的天狼星的行星为作者虚构，目前并未发现天狼星有行星存在。

俩站在门口往里看，我把身子移到一边，让她们可以看到观测屏上的圆形物体。

"我们需要多久能到达那颗行星，约翰尼？"孩子她妈问。

"基于当前的航向，我们前往这颗行星最短的航线需耗时 2 小时内，惠里夫人，"他回答道，"航行距离不到 50 万英里。"

"哦，是吗？"我问。

"除非，长官，您认为最好改变航向，并给它留下更多自由的空间。"

我清了清嗓子，看了看孩子她妈和艾伦，确定她们也不会反对。"约翰尼，"我说，"我们不准备给它留自由空间了。我一直渴望目睹一颗人类还未到达的新行星。我们要在那里着陆，就算我们只能戴上氧气面罩才能离开飞船也没关系。"

他说："是，长官。"然后敬了个礼，但我觉得他的眼神里有一点儿不赞成。哦，如果他不赞成的话，倒也可以理解。你永远不知道闯入一片人类未曾涉足之地时会遇到什么。一堆帆布帐篷和老虎机可不是适合探险的装备，对吧？

但完美的飞行员从不会质疑船主的命令，该死的！约翰尼坐下来，开始敲计算机的键盘，我们离开驾驶室，不再打扰他进行计算。

"孩子她妈，"我说，"我真是个倒霉的傻瓜。"

"要是不去那里看看的话，那你才真是傻瓜呢。"她回答道。我听明白了她的意思，笑了，然后看着艾伦。

但艾伦没有看我。她的眼睛里又浮现出那种梦幻般的忧郁。这让我想要走进驾驶室戳一下约翰尼，看看能不能叫醒他。"听着，亲爱的，"我说，"约翰尼那小子……"

但我觉得旁边传来的目光在灼烧我的脸，我知道那是孩子她妈在瞪着我，所以我闭嘴了。我拿出一副扑克玩纸牌接龙，直到我们在那颗行星上登陆。

约翰尼从驾驶室里冒出来，敬了个礼。

"着陆了，长官，"他说，"大气探测表上显示的数值是1016。"

"那么，"艾伦问，"这话翻译成人类语言是什么意思？"

"这里的大气可供人类呼吸，惠里小姐。与地球上的空气相比，氮含量稍高，氧含量稍低，不过绝对是可供人类呼吸的。"

这个年轻人十分谨慎，特别是在事关语言准确性的时候。

"那我们还等什么？"我问。

"等您的命令，长官。"

"别等什么命令了，约翰尼。把舱门打开，咱们出去吧。"

我们打开了舱门。约翰尼率先走出去，同时把装着两把热喷射枪的枪套戴在身上。

我们三个紧跟在他身后。

外面的气温微凉，但不算冷。环境看起来和托尔一样，连绵起伏的山丘光秃秃的，表面是坚硬的绿色黏土。有类似植物的生命体——一种棕色的毛茸茸的东西，看起来有点像风滚草。

我抬头看天，想判断下时间，天狼星几乎在天顶，这意味着约翰尼带我们降落的地方是这颗行星面向天狼星一面的正中间。"约翰尼，你知不知道，"我问，"这颗行星的自转周期是多少？"

"时间太紧了，我只能粗略计算一下，长官。它的自转周期是21小时17分钟。"

他管这叫粗略计算。

孩子她妈说："这已经够精确的了。有一整个下午可以去散步，我们还等什么呢？"

"等一个仪式，孩子她妈。"我告诉她，"我们得先给这个地方命名，对吧？你把那瓶香槟放在哪儿了？就是准备在我过生日的时候喝的那瓶。我觉得这个场合可比我的生日重要。"

她告诉我酒放在哪儿，我去拿了酒，还拿了几个玻璃杯。"约翰尼，你有什么中意的名字吗？是你第一个看到它的。"

"没有，长官。"

我说："现在的问题是托尔和弗丽达的命名出错了。我的意思是，托尔是天狼星一号行星，弗丽达是天狼星二号行星，而因为这颗行星的轨道比它们离天狼星更近，所以它们应该分别是天狼星二号和三号行星。否则的话，这颗行星就该叫天狼星零号了，那样的话它就'没什么大不了'[9]的。"

艾伦笑了。我想，要不是约翰尼觉得笑出来不合规矩的

---

9 | 此处原文是一个谐音梗，原文是由"天狼星零号"（Sirius O）变化形式而来的"Nothing Sirius"，与意为"没什么大不了"的"Nothing Serious"谐音。

话，他也会笑的。

但孩子她妈却皱起了眉。"威廉……"她说，如果没有发生接下来的事情的话，她会接着数落我。

最近的那座山顶上有什么东西在朝我们看过来。我们几个人里只有孩子她妈面朝那个方向，她大叫一声，紧紧抓住了我。然后我们都转身看向那边。

那是某种看起来像鸵鸟的生物的头，只是它一定比大象还大。那个生物细细的脖子上戴着一个项圈，还打了一个蓝色圆点图案的领结，头上戴着一顶亮黄色的帽子，上面插了一根长长的紫色羽毛。那东西盯着我们看了一小会儿，狐疑地眨了眨眼睛，然后把头缩了回去。

一时之间，我们都说不出话来，然后我深吸了一口气。"那东西，"我说，"把命名仪式给半路打断了。我命名这颗行星为'天狼星·没什么大不了'。"

我弯下腰，把香槟酒瓶的瓶颈撞向黏土，结果只在黏土上留下了一个坑，酒瓶没有破。我环顾四周，寻找可以用来砸开酒瓶的石头。这里完全没有石头。

我从口袋里掏出开瓶器，打开了酒瓶。我们每人喝了一杯，除了约翰尼，他只是象征性地抿了一下，因为他既不喝酒又不抽烟。至于我，享受了满满一大杯，然后往地上倒了一小杯酒，把瓶塞重新塞上。我有种预感，觉得自己可能比这个星球更需要香槟酒。飞船上还有很多威士忌和一些"火星绿"啤酒，但香槟只有这一瓶了。我说："好吧，我们这就出发。"

我和约翰尼的眼光撞上了，他说："考虑到这个星球有……呃……居民，你觉得贸然出发明智吗？"

"居民？"我说，"约翰尼，不管那个把脑袋伸到山顶上的玩意儿到底是什么东西，它都不是居民。如果它再出现的话，我就用酒瓶子敲它的脑袋。"

但我们出发之前，我还是先回到"切特令"号飞船[10]里，又拿了几把热喷射枪。我把其中一把插在自己的腰带上，另一把给了艾伦，她的枪法比我好。而孩子她妈，就算目标是行政大楼的一整面侧墙，她也打不中，所以我没有给她枪。

我们出发了。算是在大家一致的意见下，我们走向与我们看到的那个东西（不管它到底是什么）相反的方向。有一阵子，所有的山看起来都差不多，我们翻过第一座山之后，就看不见飞船了。但我注意到，约翰尼每过几分钟就会观察一下手腕上的罗盘，我知道他在确认返回的路。

过了三座山，什么事都没发生。后来，孩子她妈说："看那里。"我们看了过去。

我们左边大约 20 码[11] 的地方有一片紫色的灌木丛。灌木丛处传来了嗡嗡声。我们走近了一点，发现嗡嗡声是很多在灌木丛周围飞来飞去的东西发出的。它们看起来像鸟，但仔细看就会发现它们的翅膀一动不动，不过它们快速地上下左右飞舞移动的方式和鸟一样。我试图观察它们的头，但本应

---

10 | 原文中，飞船名为"Chitterling"，chitter 是指鸟类叽叽喳喳，chitterlings 是食用的小肠，这里采用音译。

11 | 原文使用英制度量衡，一码约合 0.914 米，20 码约合 18.28 米。

是头的位置却只见一片圆形的模糊。

"它们有螺旋桨，"孩子她妈说，"就像过去的老式飞机一样。"

看来确实是这样。

我看着约翰尼，他也看着我，我们开始朝灌木丛走去。但那些鸟，或者不管它们是什么东西，一发现我们走过去就很快飞走了。它们低空掠过，很快就飞出我们的视野了。

我们继续走，没有人说话，艾伦赶上来走在我旁边。我们走在另外两人前面，距离刚好足以私下说话不被听到，她说："爸……"

她没有接着说，所以我问她："什么事，孩子？"

"没什么，"她悲伤地回答，"算了。"

我当然知道她要说什么，但除了咒骂火星理工学院之外，我想不到什么我可以说的，而咒骂不会有任何用处。火星理工学院执行那些规矩时太过严格死板了，它的毕业生也一样。不过，毕业离校后过个十几年，他们中的一些人就能够放松下来，变得亲切随和。

但约翰尼毕业的时间还不长，离十来年还远着呢。当然，第一份工作就得到了驾驶"切特令"号的机会，对他来说是一次突破。在我们这儿工作几年后，他就有资格担任更重要的职务。与第一份工作是在更大的飞船上担任一名低级职员相比，他在这里积累资历的速度要快得多。

唯一的麻烦就是他太英俊了，而他自己却不知道这一点。他不知道任何理工学院教学内容之外的东西，他们只教了他数学、星际航行术以及如何敬礼，却没有教他如何选择不去做这些事。

"艾伦，"我又开始说，"不要……"

"什么，爸爸？"

"呃……没什么。算了。"我还没开始说这句话，她就突然对我笑了笑，我也对她笑了笑，感觉就好像我们已经谈过了这整件事。确实，我们没有谈任何事，但是如果我们去谈了，我们也不会像现在一样如释重负，你们能明白我的意思吧？

就在这时，我们来到了一个山坡顶部，停下了脚步，因为就在我们面前，出现了一条铺砌好的街道，尽头空无一物。

一条普通的塑料路面的街道，就像你在地球上任何城市会看到的道路一样，有路沿、人行道、排水沟，道路中间有交通标线。只是这条道路的尽头是我们现在站着的地方，它不通往任何地方。而从这里向道路的另一方看，直到这条道路越过下一个山坡的顶部为止，看不到任何房子、车辆或生物。

我看着艾伦，她也看着我，然后我们都看着孩子她妈和约翰尼·莱恩，他俩刚刚赶上我俩。我问："这是什么，约翰尼？"

"这似乎是一条街道，长官。"

他注意到我看他的眼神，有点脸红。他弯下腰，仔细查看路面，当他直起身来后，眼神更加惊讶了。

我问："嗯，是什么？焦糖糖霜吗？"

"这路面是'永塑'牌的，长官。这个星球不是我们最先发现的，因为那东西是有商标的地球产品。"

"呃，"我咕哝道，"难道这里的人就不可能开发出同样的加工过程吗？这里可能也有相同的原料。"

"有可能，长官。但如果仔细看的话，这些铺路砖上有商标。"

"当地人就不可能……"然后我闭嘴了，因为我意识到了自己的话有多愚蠢。但很难想象，你的队伍发现了一颗新行星，结果在这颗行星上你见到的第一条街上就铺着有地球商标的砖。"但是这里到底为什么会有一条街呢？"我想知道。

"只有一个办法能找到答案，"孩子她妈明智地说，"那就是顺着这条路往前走。我们站在这儿干什么呢？"

于是我们继续前进。现在有了路面，走起来更轻松了。我们走到下一个山坡高处，看到了一栋建筑。一栋两层的红砖楼，挂着一个牌子，上面用古英语风格的手写体写着"雅士餐厅"。

我说："我真他……"但没等我说完这句话，孩子她妈就伸手捂住了我的嘴，也许这没什么不同，因为我要说的脏话远不足以表达我现在的心情。那栋建筑就在前方100码处，在街道急转弯的位置，正对着我们。

我开始加快脚步，领先其他人几步走到了那栋建筑前。我打开门，准备走进去。然后我像被冻住了一样停在门口，因为那栋建筑没有真正的入口。它只是一个假的门面，就像电影背景里的布景板，你在这扇门里能看到的只有那些连绵起伏的绿色山丘。

我后退一步，抬头看着"雅士餐厅"的招牌，其他人走过来，从我没关上的门口往里看。我们呆站在那里，直到孩子她妈不耐烦地说："好吧，你打算做点儿什么？"

"你想要我做什么？"我问，"走进去点一份龙虾大餐？还要加香槟？嘿，我把它给忘了。"

那瓶香槟还在我的上衣口袋里，我把它拿出来，先递给孩子她妈喝，然后递给艾伦喝，最后自己把剩下的酒几乎喝光了。我一定是喝得太快了，因为气泡刺激到了我的鼻子，让我打了个喷嚏。

然后，我觉得自己已经做好了一切准备，于是我又走进了那栋不存在的建筑的门。我想，也许我可以找到一些迹象，搞清楚这东西是什么时候被放在这里的，或者找到其他线索。我没有发现任何迹象。这座建筑内部，或者找到更确切地说是这个建筑正面布景板的背面，光滑而平整，像一块玻璃。看起来像是某种合成材质做的。

我看了看布景板后的地面，只发现了几个洞，看起来像是虫洞。它们一定就是虫洞，因为其中一个洞的旁边坐着一只黑色的大蟑螂，或者可能是站着，谁能分清蟑螂是坐着还是站着呢？我又靠近了一步，那只蟑螂钻回了洞里。

我从前门走出去时，感觉好了一点儿。我说："孩子她妈，我看到一只蟑螂。你知道这蟑螂有什么特别之处吗？"

"什么特别？"她问。

"什么都没有，"我对她说，"这就是那只蟑螂的特别之处，它没有什么特别的。这里的鸵鸟戴着帽子，鸟头上长着螺旋桨，街道没有通向任何地方，房屋没有内部结构，但那只蟑螂连羽毛都没有。"

"你确定吗？"艾伦问。

"我当然确定。我们去下一个山坡，看看那里有什么东西。"

我们去了，我们看到了东西。在那座山和下一座山之间，道路有个急转弯，我们面对着一个帐篷的正面，帐篷上面挂着一个大横幅，上面写着"便宜游乐场"。

这次我连脚步都没停下。我说："他们那条横幅的设计是从萨姆·海德曼以前的游乐场抄来的。还记得萨姆吗，还有我们过去的美好时光，孩子她妈？"

"那个一无是处的酒鬼。"孩子她妈说。

"怎么了，孩子她妈？你之前觉得他不错啊。"

"是，我之前也觉得你不错，但你和他都喝得……"

"喂，孩子她妈。"我打断她的话。但这时我们已经来到帐篷前了。帐篷布轻轻起伏，看起来像是真正的帆布。我说："我没心情了，这次谁想看看里面？"

但孩子她妈已经把头伸到了帐篷的门帘里。我听到她说："哎呀，你好，萨姆，怎么是你这老家伙？"

我说："孩子她妈，别开玩笑了，否则我就……"

但这时我已经从她身边走过，进了帐篷。那是一个帐篷，一个四面由帆布围起来的真帐篷。而且很大。里面摆着一排排我们很熟悉的老式投币老虎机。萨姆·海德曼正在兑换处数硬币，他抬起头来，脸上的表情十分惊讶，几乎和我自己现在的表情——想来也是十分惊讶——毫无二致。

他说："老惠里！我真是见鬼了。"不过他实际说的内容不是"见鬼了"——但直到他和我互相拍了对方的屁股之后，他才为自己粗俗的语言向孩子她妈和艾伦道了歉。他和我们逐个握手，我们介绍他认识约翰尼·莱恩。

这感觉就像回到了从前在火星和金星上的日子一样。他正在对艾伦说从他上次见到艾伦到现在艾伦长高了多少，还问艾伦记不记得他了。

然后孩子她妈抽动了一下鼻子。

当孩子她妈像那样抽鼻子的时候，一定是有什么东西可瞧了，我把目光从亲爱的老萨姆身上移开，看看孩子她妈，然后看向孩子她妈正在看的地方。我没有抽鼻子，但我深吸了一口气。

一个女人从帐篷后面走出来。我称她为"女人"，是因为我想不到适合用来称呼她的词，可能根本没有这个词。她就像是把圣塞西利亚、桂妮薇尔[12]，以及一个漂亮的小女孩三者融为一体。她像新墨西哥州的日落，像从赤道花园望见的火星寒冷的银色卫星。她像春天的金星山谷，又像多扎尔斯基手中小提琴发出的音乐。她真是美极了。

我听到身边传来另一声吸气，这个声音很陌生。我反应

---

12 | 圣塞西利亚（St. Cecilia）是基督教早期的殉道者，形象神圣纯洁；桂妮薇尔（Guinevere）是传说中亚瑟王的王后，以惊人的美貌和与骑士兰斯洛特的私情而闻名。下文的"多扎尔斯基"未查询到对应人物，应为作者杜撰的小提琴演奏家。

了一下才意识到为什么它很陌生。我以前从未听过约翰尼·莱恩吸气的声音。虽然要转移视线很困难，但我还是转头看了看约翰尼的脸。我想："不好了。可怜的艾伦。"毫无疑问，这个可怜的男孩彻底沦陷了。

这时——也许看到约翰尼对我有帮助——我成功想起自己已经50岁了，而且婚姻幸福。我紧紧地抓住了孩子她妈的胳膊。"萨姆，"我说，"这位女士到底是……"[13]萨姆转身看向身后。他说："安伯斯小姐，介绍你认识一下刚刚来访的几位老朋友。惠里夫人，这位是安伯斯小姐，电影明星。"然后他逐个介绍我们认识，先是艾伦，然后是我，最后是约翰尼。孩子她妈和艾伦表现得过于矜持有礼。至于我，可能表现得跟她俩正相反，我假装没有注意到安伯斯小姐伸出的手。我有预感，虽然我已经不年轻了，但如果握住她的手的话，我可能会忘记松手。她就是这样的女孩。

约翰尼真的忘记要松手了。

萨姆对我说："嘿，你这个老家伙，你怎么来这里了？我以为你会一直待在殖民地，完全没想到你会来电影片场。"

"电影片场？"事情开始变得合理了——几乎合理。

"当然。行星影业公司雇了我当游乐场场景的技术顾问。他们想拍一些投币游戏厅内部的镜头，所以我就把之前的东西从仓库里搬出来，放到这里。其他工作人员现在都在大本营那边。"

13｜此处原文中有个文字游戏，叙述者先问了"到底"（on Earth，字面意义为"在地球上"），然后改口说"on whatever planet"，字面意义为"在不管这颗行星叫什么上"。

我开始搞清楚状况了。"那……街边那家只有正面墙的餐厅，也是布景？"我问道。

"当然，街道本身也是布景。他们不需要街道，但有一组镜头需要拍铺路的过程。"

"哦。"我继续问，"但是戴领结的鸵鸟和有螺旋桨的鸟是怎么回事？它们不可能是电影道具吧。难道它们也是？"我听说行星影业有一些相当不可思议的新技术。

萨姆有点儿茫然地摇头："不是。你肯定是遇到了一些本地的动物。这里有一些动物，但不多，而且它们也不会打扰你。"

孩子她妈说："我说，萨姆·海德曼，如果这颗行星之前就被发现了，我们怎么从没听说过它呢？人们发现它有多久了？到底是怎么回事？"

萨姆咯咯地笑起来。"10年前，有个叫威尔金斯的人发现了这颗行星。他向理事会报告了这件事，但行星影业在消息公布前先得到了风声，他们向理事会提议以巨额租金租借这颗星球，但条件是对这颗行星的存在保密。这里没有矿产和任何值钱的资源，就连土地都不值一分钱，理事会就按行星影业提议的条款把它租给了他们。"

"但是为什么要保密呢？"

"没有访客，没有干扰，更不用说可以大幅领先竞争对手了。电影行业的大公司之间都互相监视，互相窃取创意。在这里，行星影业可以得到他们想要的独立空间，可以安静、私密地工作。"

"我们发现了这个地方，他们会怎么做？"我问。萨姆又笑了起来："我想，既然你已经来到了这里，他们会盛情款待你，试图说服你对这件事保密。你可能还会得到一张通行证，可以终身免费在所有行星影业旗下的电影院看电影。"

他走到一个柜子前，拿回来一个放着酒瓶和玻璃杯的托盘。孩子她妈和艾伦拒绝了，但萨姆和我每人都喝了几杯——这是好酒。约翰尼和安伯斯小姐在帐篷的一角真挚地窃窃私语，所以我们没有去打扰他俩，尤其是在我告诉萨姆，约翰尼不喝酒之后。

约翰尼仍然握着她的手没松开过，他像一只生病的小狗一样凝望着她的眼睛。我注意到艾伦移动了一下，让自己面朝另一个方向，不会看到那两个人。我为她感到难过，但我对这事无能为力。这种事发生了就是发生了。如果当年不是孩子她妈……

但我发现孩子她妈变得烦躁起来，于是我说，如果他们要隆重接待我们的话，我们最好先回到飞船上，换上正式一些的衣服。另外我们也可以把飞船移到离这里近一点儿的位置。我想我们可以在"天狼星·没什么大不了"上待几天。我告诉萨姆我们是如何在看到当地的动物之后命名这颗行星的，这让他大笑不止。

然后我轻轻地把约翰尼和那位电影明星撬开，带他出去。这并不容易。他现在一副茫然而幸福的表情，我和他说话的时候，他甚至忘了向我敬礼，也没叫我"长官"。事实上，他什么都没说。

走在街上，我们另外三个人也都没说话。

我心里有什么东西一直在提醒我，但我搞不太清楚到底是什么。这里有点儿问题，有点儿不合理的东西。

孩子她妈也很担心。最后我听到她说："孩子她爸，如果他们真的要保守这里的秘密，他们会不会，呃……"

"不，不会。"我回答道，也许有点语气不好。不过，我担心的不是这件事。

我低头看着那条崭新而完美的路，这条路有一些我不喜欢的特质。我斜着走到路边，沿着路边走，低头看路面之外的绿色黏土地面，但没看到什么东西，只有更多的洞和虫子，就像我在"雅士餐厅"后面看到的那些一样。

也许它们不是蟑螂，除非是电影公司把它们带到了这里。但就所有实际情况而言，它们都足够像蟑螂——如果蟑螂有所谓"实际用途"[14]的话。而这些蟑螂没有领结、螺旋桨或羽毛。它们只是普通的蟑螂。

我走下人行道，试图踩死一两只蟑螂，但它们逃过了我的脚，钻进了洞里。它们跑得非常快，而且很灵活。

我回到路中间，和孩子她妈一起走。她问我："你刚才在做什么？"我回答："没什么。"

艾伦走在妈妈的另一边，一直面无表情，似乎正在思考。我能猜到她在想什么，我希望能做点什么。但我唯一能想到的就是，决定要在这次旅行结束后在地球停留一段时间，让

---

14 | 这里原文有一个双关的文字游戏，"就所有实际情况而言"原文是"for all practical purposes"，"实际用途"原文是"a practical purpose"。

她有机会多认识一些其他小伙子，忘掉约翰尼的事。也许她还能遇到一个喜欢的人。

约翰尼迷迷糊糊地走着。他完全沦陷了，过程极为突然，但像他这样的人总是会这样突然坠入爱河。也许不是爱，只是痴迷，但现在他连自己身在哪个星球都不知道。

我们越过了第一个山坡，萨姆的帐篷已经看不见了。"孩子她爸，你刚才看到过周围有摄像机吗？"孩子她妈突然问我。

"没看到。但摄像机价值几百万美元，不使用的时候，他们不会把摄像机就那么摆在外面的。"

我们前面就是那家餐馆的正面墙。我们现在朝它走的方向是在它的侧面，从这个角度看起来它滑稽得要命。除了那面墙、那条路和绿色的黏土山坡之外，视野里什么都没有。

道路上没有蟑螂——我意识到自己从未见过路上有蟑螂。似乎它们永远不会走到路上或者穿过道路。蟑螂为什么要过马路？要去路的另一边吗？

仍然有些东西在脑子里提醒我：一些与其他任何东西相比都更不合理的东西。

这种感觉越来越强烈，它让我疯狂，像它本身一样疯狂。我真想再喝一杯。天空中的天狼星已经向地平线落了下去，但天气还是很热。我甚至开始觉得哪怕有杯水喝也不错。

孩子她妈看起来也很累。

"我们停下休息一会儿吧，"我说，"已经走了回程的一半了。"

我们停了下来，位置正好在"雅士餐厅"前面，我抬头看着餐厅的招牌笑了。"约翰尼，你可以进去为我们点晚餐吗？"

他敬了个礼，回答说："是，长官。"然后向门口走去。他突然脸红了，停住了脚步。我笑了笑，但没再说什么挖苦他的话。

孩子她妈和艾伦坐到了路沿上。

我又一次走进餐厅的门，那里没有任何变化。墙的背面像玻璃一样光滑。同一只蟑螂——我猜它是同一只——仍然坐在或站在同一个洞口。我说"你好"，但它没有回答，于是我试着去踩它，但它还是跑得太快了。我发现了一件有点儿不对劲儿的事。在我决定要去踩它的那一瞬间，它就已经开始往洞里跑了，而那时我实际上一点儿也没有移动。

我又回到正面，靠在墙上。这面墙既舒服又坚固，很适合靠着。我从口袋里掏出一支雪茄，开始点火，但失手把火柴掉到了地上。我几乎搞清楚什么地方不对了。

关于萨姆·海德曼的事。

"孩子她妈，"我说，"萨姆·海德曼不是早就死了吗？"

然后，突然之间，我不再靠在墙上了，因为墙突然消失了，我朝后摔倒了。

我听到孩子她妈大喊，艾伦也尖叫起来。

我从绿色的黏土地上爬了起来。孩子她妈和艾伦也站了起来，她们刚才也一屁股摔到了地上，因为她们之前坐的路沿也同样消失了。约翰尼有点踉跄，他刚才往下掉了几英

寸 [15]，因为他脚下的道路也消失了。

哪儿都没有存在过道路或餐馆的迹象，只有连绵起伏的绿色山丘，而且——没错，蟑螂还在。

这次摔倒把我弄得很狼狈，我很生气。我想要把怒气发泄在什么东西上。只有蟑螂。它们并没有像其他东西一样凭空消失。我又试着去踩离我最近的一只蟑螂，但又没踩到。这次我确定，它在我动脚之前就先开始跑了。

艾伦低头看了看街道原本在的地方、餐厅正面的墙原本在的地方，然后沿着我们来的方向往回走，似乎是想确定游乐场的帐篷是否还在那里。

"不在了。"我说。

孩子她妈问："什么不在了？"

"不在那里了。"我解释道。

孩子她妈怒视着我："什么不在那里了？"

"帐篷，"我也有点儿气冲冲地说，"电影公司，整件事情。尤其是萨姆·海德曼。我刚才想起萨姆·海德曼已经死了——5年前，我们在月球城听说了他的死讯——所以那里的他并不存在。那里的一切东西都并不存在。当我意识到这一点的那一刻，它们就让所有的这些东西都在我们身子下面消失了。"

"'他们'？喂，你说的'他们'是什么意思？'他们'是什么人？"

"应该是'它们是什么东西'。"我说，但孩子她妈看

---

15 | 原文采用英制度量衡，一英寸约合 2.54 厘米。

我的眼神让我没敢继续说下去。

"别在这儿说话了，"我接着说，"咱们的当务之急是得尽快返回飞船。约翰尼，现在街道没了，你还能带我们回飞船吗？"

他点头，忘了向我敬礼或叫"长官"。我们出发了，没有人说话。我并不担心约翰尼是否能带我们回到飞船。在我们进那个帐篷之前，他一直表现得很好，用他手腕上的罗盘确定了我们的返回路线。

当我们走到原本是街道尽头的地方之后，接下来的路就容易找了，因为我们能在黏土地面上看到自己来时的脚印，只要顺着脚印返回就行。我们经过了那个曾经有紫色灌木丛和螺旋桨鸟的山坡，但现在鸟不见了，紫色灌木丛也不见了。

谢天谢地，"切特令"号飞船还在那里。我们在最后一个山坡上看到了它，它看起来和我们离开时一样。看到它的感觉像回到了家，我们开始越走越快。

我打开飞船舱门，侧身让孩子她妈和艾伦先进去。孩子她妈刚要进去，我们就听到了脑海里的声音。它说："我们向你们告别。"

我说："我们也向你们告别。你们见鬼去吧。"

我示意孩子她妈继续登船。越早离开这个鬼地方越好。

但那个声音说："等等，"声音里有某种东西，让我们听话地等着，"我们想向你们解释一下，这样你们就不会回来了。"

脑子里的声音并没有继续说什么，但我说："有何不可呢？"

"你们的文明与我们的文明无法兼容。为了确定这一点，我们研究了你们的思维。根据在你们的思维中发现的图像，我们投射了图像，来研究你们对它们的反应。我们用思维投射出的第一个图像，得到的反应令我们很困惑。

"但是当你们走到你们这次步行旅途中最远的地方时，我们已经能理解你们的思维了。我们能够投射出类似你们自身的存在。"

"萨姆·海德曼，没错，"我说，"但是那个该[16]……那个女人呢？她不可能来自我们任何人的记忆，因为我们都不认识她。"

"她是一个复合概念——你们可能会称之为理想化身。不过这并不重要。通过对你们的研究，我们发现你们的文明关注的是物质，而我们的文明关注的是思想。我们双方都没有任何能为对方提供的东西。交流不会带来任何好处，甚至可能带来更多伤害。我们的行星上没有令你们种族感兴趣的物质资源。"

我不得不同意这一点，望着那片单调的平缓起伏的黏土大地，它似乎只能供那几丛像风滚草一样的灌木生长，而且那种灌木的数量也不多。看起来它没法养活任何其他生物。至于矿产，我在这里连一块卵石都没见到过。

"你说得对，"我回应，"对我们而言，可以自己待在任何一个除了风滚草和蟑螂外什么都没有的星球而不被打

---

16 | "我"想说一句脏话"该死（damn）"，但中途停住了。

扰。所以……"然后我突然想到了一些事，"嘿，等一下。一定还有别的生物，要不然的话我到底在跟谁说话呢？"

"你正在……"那个声音回答道，"和你称之为蟑螂的生物说话，这是我们之间另一个无法相容的点。更确切地说，你是在和一个思维投射产生的声音说话，但它是我们投射出来的。我可以向你保证一件事——我们对你们外表的厌恶程度要超过你们对我们外表的厌恶。"

然后我低头，看到了它们——3只蟑螂，它们准备好了，只要我一动就会钻进洞里。回到飞船里，我说："约翰尼，起飞。目的地，地球。"

他敬了个礼，说："是，长官。"然后走进驾驶室，关上门。直到我们进入可以自动导航的航线，天狼星在我们身后逐渐变小时，他才出来。

艾伦已经回自己的房间了。我和孩子她妈正在玩克里比奇纸牌游戏。

"我可以休息了吗，长官？"约翰尼问。我回答："当然可以。"他僵硬地走向他的房间。

过了一会儿，我和孩子她妈也回房间躺下了。又过了一会儿，我们听到有噪声。我起身去查看出了什么事。

我笑着回来了。"一切都好，孩子她妈，"我说，"是约翰尼·莱恩发出的声音，他已经烂醉如泥了！"我开玩笑地拍了拍孩子她妈的腰部。

"哎呀，你这个老傻瓜，"她又抽了一下鼻子，"我这里还酸痛着呢，路沿在身下消失的时候我摔倒了。约翰尼喝醉了有什么可高兴的？你确定你自己没喝醉吧？"

"我没醉，"我承认，或许对此有些遗憾，"但是，孩子她妈，他让我滚蛋。而且没向我敬礼。我，这艘船的主人。"

孩子她妈只是不解地看着我。女人有时很聪明，有时却很糊涂。

"听我说，他不会再喝醉了，"我说，"这是一个特殊的时刻。难道你看不出他的骄傲与尊严出了什么问题吗？"

"你的意思是因为他……"

"因为他爱上了蟑螂的思维投射，"我指出，"或者，不管怎么说，他觉得自己爱上了。他必须大醉一场才能忘记这事。而从现在开始，等他醒酒之后，他会变成正常人。我敢为此打赌，不管什么赔率都敢赌。而且我还敢打赌，一旦他成为正常人，他就会看到艾伦并意识到她有多漂亮。我敢打赌，在我们回到地球之前，他一定会爱得神魂颠倒。我去拿瓶酒，来干杯吧。敬'天狼星·没什么大不了'！"

这一次我终于说对了。还没等我们航行到接近地球可以开始减速的位置，约翰尼和艾伦就订婚了。

尤斯塔斯·韦弗短暂的三次幸福生命

I

尤斯塔斯·韦弗发明出时间机器的时候，他非常快乐。他知道，只要他对自己的发明保密，他就能在这世界上一帆风顺。他可以成为全世界最富有的人，拥有别人做梦都不敢想的巨额财富。他只需要做几次前往未来的短期旅行，看看哪些股票会上涨，哪些马会赢得比赛，然后回到现在，买那些股票，或者在那些马身上下注。

最先要干的事当然是赌马，因为他要先获得启动资金，才能成为股票市场的玩家。而在赛马场，他可以从两美元的小赌注开始，然后迅速靠准确的投注赚到几千美元。但他必须亲自去赛马场投注，如果他找赌注登记经纪人下注，很快就会让任何一个经纪人破产，而且他也不认识经纪人。不幸的是，目前只有位于加利福尼亚州和佛罗里达州的赛马场在运营，两边距离差不多，飞机票价都是 100 美元左右。他连这笔钱的零头都没有。他在一家超市当库存管理员，要几周的时间才能从工资里省出这么多钱。哪怕是开始发财这种好事，要等待这么久也实在太可怕了。

突然，他想起了他工作的那家超市的保险箱——他每天在那里上晚班，从下午 1 点工作到晚上 9 点超市关门。那个保险箱里至少有 1000 美元，而且有定时锁。要解开定时锁，还有什么东西比时间机器更有用呢？

那天他去上班时，带上了时间机器。它非常小巧。他设计的时候就考虑到了要把时间机器装到他已有的相机盒中，所以把它带进超市完全没问题。他把外套和帽子放到储物柜里的时候，把时间机器也放了进去。

他正常工作着，直到关门前几分钟。然后他躲到了储藏室的一堆纸箱后面。尤斯塔斯确信，在大家都忙着下班的时候，没人会注意到他不在，而且确实没人。但他还是先在藏身之处等了将近 1 个小时，确定其他人都走了，然后才出来。他从储物柜中取出时间机器，然后走向保险箱。保险箱被设置为再过 11 小时，到工作时间就自动解锁。他把时间机器设定到了 11 小时后。

他紧紧握住保险箱的把手——经过一两次实验，他发现自己身上穿的、携带的或他所接触的任何东西都会跟他一起进行时间旅行——然后，他按下了时间机器的开关。

他没有感觉到任何变化，但突然间，他听到了保险箱机械开启的声音——但与此同时，他听到身后传来别人惊讶的吸气声和兴奋的声音。他转过身来，突然意识到自己犯了什么样的错误，现在是第二天早上9点，超市的员工——那些上早班的人——已经来上班，他们发现保险箱不见了，正在疑惑保险箱去了哪里，围着保险箱原本的位置站成了半圈。此时，尤斯塔斯·韦弗和保险箱一起突然出现了。

幸运的是，他手里还拿着时间机器。他迅速把刻度盘转到零，他已经把这个零点校准为完成行动后要返回的确切时间。然后，他按下了开关。

果然，他回到了行动开始之前……

II

当尤斯塔斯·韦弗发明出时间机器时，他知道只要他对自己的发明保密，他就能在这世界上一帆风顺。要想发财，他只需要做几次前往未来的短期旅行，看看哪些马会赢得比赛，哪些股票会上涨，然后回到现在，在那些马身上下注，或者买那些股票。

最先要干的事当然是赌马，因为给赛马投注需要的资金比买股票少，但他连下最小赌注的2美元都没有，更没钱买飞机票前往最近的赛马场。

他想起了他工作的超市有个保险箱，他在那家超市当库存管理员。那个保险箱里至少有1000美元，而且有定时锁。如果你有时间机器，解开定时锁就是小菜一碟。

所以，那天他去上班的时候，就把时间机器放在相机盒里随身带着，然后把相机盒放到了储物柜里。超市9点关门时，他躲在储藏室里等了1小时，确定其他人都走了才出来。然后他从储物柜里拿出时间机器，带着它来到保险箱前。

他把时间机器设定到了11小时后，然后又考虑了一下。这个设置会把他带到第二天早上9点。那时，保险箱会"咔嗒"一声打开，但同时超市也会开门，周围会有其他人。于是，他把时间机器设定到24小时后，紧握保险箱的把手，然后按下了时间机器的开关。

起初他以为什么都没发生。然后，他发现当他试图转动保险箱的把手时，它能动了，他知道自己已经跳跃到了第二天的晚上。当然，保险箱的定时机制已经在时间旅行的过程中解锁了。他打开保险箱，把里面的钱全都拿了出来，塞到自己身上的各个口袋里。

他走到超市后门想要出去，但在伸手去开那道门内侧的插销之前，他突然又有了一个绝妙的想法。如果他不是从门口离开，而是使用时间机器离开，他不只能保持超市大门紧锁，让这起案子更神秘，而且还能把自己带回到过去，回到他制作完成时间机器那一刻的现场——那是案件发生的一天半之前。

等到案件发生时，他已经有充分的不在场证明了。到那时，他会住在佛罗里达州或加利福尼亚州的酒店里，无论在哪边，距离犯罪现场都远隔千里。他之前没想到，时间机器还可以用来制造不在场证明，但现在他发现它非常适合用来做这个。

他把时间机器的刻度盘转到零，按下了开关。

III

当尤斯塔斯·韦弗发明出时间机器时，他知道只要他对自己的发明保密，他就能在这世界上一帆风顺。通过赌马和炒股，他可以马上让自己暴富。唯一的问题是他现在穷困潦倒。

突然，他想起了他工作的那家超市，超市里有一个带定时锁的保险箱。对于拥有时间机器的人来说，对付定时锁易如反掌。

他坐在床边思考。他把手伸进口袋里，想拿烟抽，但一些纸币被烟盒带了出来，那是一大把 10 美元的钞票！他去摸身上其他的口袋，每一个口袋里都有钱。他把这些钱撂在身旁的床上，数了数大票子，又估算了一下零钱的数量，他发现自己一共有大约 1400 美元。

他忽然意识到了真相，笑了出来。他先是用时间机器前往未来，搬空了超市的保险箱，然后又用时间机器回到了他发明它的时间点。由于这起盗窃案在当前的正常时间线中还没有发生，所以当案件发生前，他只需要离开这座城市，与犯罪现场远隔千里，就可成功避嫌。

两个小时后，他登上了飞往洛杉矶的飞机，准备前往圣安妮塔赛马场。他在思考一些严肃的问题，有件他没有预料到的事，就是当他使用时间机器前往未来再回到现在之后，无法保留那些关于目前尚未发生的事情的记忆。

但这些钱跟着他一起回到了现在。那么，他在未来写给自己的笔记、未来的赛马结果表，或者报纸上的财经版面也会回到现在吗？应该会成功的。

到了洛杉矶，他打了一辆出租车去市中心，住进了一家不错的酒店。这时已经到傍晚了，他考虑了一下要不要用时间机器跳到第二天，好节省等待的时间，但他意识到自己又累又困。他上了床，一直睡到了第二天快到中午的时候。

出租车在高速公路上遇到了堵车，所以他直到第一场比赛结束才到达圣安妮塔赛马场，但他及时看到了成绩牌上的获胜者号码，并在他的投注登记表上记了下来。他又看了5场比赛，没有投注，而是把每场比赛的获胜者都记了下来。他觉得这已经够了，不用再看最后一场比赛了。他离开看台，绕到看台后面，走到看台下方，找了个僻静的地点，那里没有人能看见他。他把时间机器的刻度盘调到两小时前，然后按下了开关。

但什么事都没发生。他又按了一次开关，还是一样没反应，然后他身后传来一个声音："不会有用的。它被屏蔽了。"

他转过身，发现身后站着两个又高又瘦的年轻男子，一个金发，一个黑发，两个人都把一只手插在口袋里，似乎握着什么武器。

"我们是时间警察，"金发男子说，"来自25世纪。我们来这里是要对你非法使用时间机器做出处罚。"

"但……但是，"韦弗结结巴巴地说，"我……我怎么会知道赌马是……"他的声音变大了一点，"而且我还没下过赌注。"

"确实如此。"金发男子说，"如果我们发现时间机器的发明者使用时间机器在任何形式的赌博中赢钱，我们会在他初犯时给他警告处分。但我们追踪了你，发现你第一次使用时间机器就是为了从店里偷钱。这在任何世纪都是犯罪行为。"他从口袋里掏出一件东西，看起来像一把手枪。

尤斯塔斯·韦弗后退了一步。"你不会是要……"

"正是如此。"金发男子说，然后他扣动了扳机。这一次，随着时间机器停止运转，尤斯塔斯·韦弗的生命也结束了。

致凤凰的信

我有很多事要告诉你，太多了，不知该从哪里说起。幸运的是，我已经忘记了大部分我生命中发生过的事。幸运的是，大脑的记忆能力是有上限的。如果我还记得18万年时间里的所有细节——自第一次核武器大战以来，我所经历的4000次人生的所有细节，那就太可怕了。

这并不是说我忘记了那些真正伟大的时刻。我记得自己参加第一次登陆火星的探险和第三次登陆金星的探险的经历。我记得——我想是在第三次大战中——斯科拉行星在天空中爆炸时的景象，炸毁它的那种力量与核裂变的力量相比，就像一颗新星与我们缓慢衰竭的太阳相比一样。在对抗第二批来自银河系外的入侵者的战争中，我在一艘超A级太空飞船上担任二号指挥官。那些入侵者在人类发现他们存在之前就在木星的几颗卫星上建立了基地，他们在战争初期几乎把人类赶出了太阳系，但后来我们找到了唯一一种他们无法对抗的武器。所以他们逃到了我们当时还追不上的地方，也就是银河系外。大约 15000 年后，当我们真正有能力追上他们的时候，他们已经完全消失了。他们已经灭绝 3000 年了。

这就是我想告诉你的——关于那个强大的外星种族，还有其他种族——但为了让你明白我是如何知道这一切的，我会先告诉你关于我自己的事。

我不是永生的。宇宙中只有一个存在是永生的，我们后面会详细说关于它的事。与那个存在相比，我无足轻重，但只有你了解了我的情况，你才会理解或者相信我对你说的这些话。

名字并不重要，这很幸运——因为我不记得我原本的名字了。这件事并不像你以为的那么怪，18 万年是一段很长的时间，而且由于种种原因，我在这段时间里用过 1000 个甚至更多不同的名字。还有什么比 18 万年前我父母给我起的那个名字更无足轻重呢？

我不是变种人。我 23 岁的时候——第一次核武器大战期间，我身上发生了一些特殊的事。那是双方第一次都使用了核武器的战争——当然，与后来的武器相比，当时的核武器威力微不足道。当时距离人类发明原子弹还不到 20 年。我还是个孩子的时候，人类在一场小战争中投下了第一颗原子弹。那场战争很快就结束了，因为只有一方拥有原子弹。

第一次核武器战争并不是特别惨烈——第一次战争从来都不是。我很幸运，如果是一场会彻底终结一个文明的毁灭性的战争，就算我的身体出现了意外，我也没法幸存下来。如果它终结了人类文明，我就不会在大约 30 年后，经历那 16 年的睡眠期还幸存下来。但这又是要到后面再讲的内容了。

说回来，第一次核武器战争开始时，我大概是二十一二岁。他们一开始没有让我参军，因为我的身体条件不合格。我患有一种罕见的脑下垂体疾病——一种以某人的名字命名的综合征。我忘记那个人的名字了。它的症状中还包括肥胖。相比于我这个身高的标准体重，我大约超重了 50 磅[17]，而且耐力很差。我被征兵处毫不犹豫地淘汰了。

大约两年后，我的病情变严重了，但战场上的状况变得更加严重。到这时，军队什么人都要了。如果一个只有一条腿、一条手臂的盲人愿意参加战斗的话，他们也会让他参军。而我愿意参加战斗。我在一次敌军的脏弹轰炸中失去了家人。我讨厌在军工厂的工作。医生告诉我，我得的是不治之症，我剩下的寿命最多也只有一两年了。所以我参加了当时剩下的军队，他们毫不犹豫地把我派到了最近的前线，只有 10 英里距离。我参军的第二天就投入战斗了。

现在我知道足够多的事情，明白这件事的发生和我没有任何关系，但我参军的时候碰巧也正是战事的转折点。敌军已经没有原子弹和脏弹了，常规的炮弹和子弹也越来越少。我们也缺少原子弹和脏弹，但他们没能摧毁我们所有的军工厂，而我们几乎干掉了他们所有的生产基地。我们仍有轰炸机，而另一个领导组织会把轰炸机派往正确的位置。嗯，大多数时候是正确的位置，有时我们会出错，把原子弹扔得离

---

17 | 原文采用英制度量衡，一磅约合 0.45 公斤，50 磅约合 22.7 公斤。

我们自己的部队太近。在投入战斗一周后，我又脱离了战斗——因为我军的一颗小型原子弹被扔到了距离我只有一英里的地方。

大约两周后，我醒了过来，身处一家基地医院，严重辐射性烧伤。当时战争基本结束了，只剩下扫荡敌方残兵、恢复秩序和让世界重回正轨的工作。你看，这场战争并不是我所说的那种毁灭性战争。它弄死了——这只是猜测，我不记得具体比例了——大约是世界人口的四分之一或五分之一。战争后剩下了足够的生产力和人力，可以让社会继续发展。黑暗时代持续了几个世纪，但并没有直接回到野蛮状态，没有从头开始。在这个黑暗时代里，人们重新开始使用蜡烛照明，使用木材作为燃料，但这不是因为他们不知道如何使用电力或开采煤矿，而是因为混乱和动荡让人们无力发展这些。知识还在，只是暂时搁置，等待秩序恢复后再继续。

这不是一场毁灭一切的战争，那种杀死地球上，或者地球和其他行星上，十分之九甚至更多人口的战争。那种战争后，世界会彻底回到野蛮时代，要过一百代人才能重新发现冶炼金属的方法，来制造长矛的矛头。

但我又离题了。在医院醒过来之后，很长一段时间我都非常痛苦。当时医院没有任何麻药可用。我被深度辐射烧伤，开始的几个月里痛得几乎无法忍受，直到后来逐渐痊愈。我一直没睡觉——这就是事情的奇异之处。当时我觉得这件事很可怕，因为我不明白自己身上发生了什么事，而未知总是令人恐惧的。医生们几乎没有注意到这件事——因为我只是几百万遭遇辐射性烧伤或其他伤害的人之一——而且我觉得医生们根本不相信我说的"我一直没睡觉"。他们认为我只是睡得很少，而且我要么是在夸大，要么就是并非有意撒谎，而只是对现实有错误的认知。但我确实没睡觉。直到我伤愈出院后很久，我才睡着了。顺便提一句，我的脑下垂体疾病也痊愈了，体重恢复了正常，健康状况好得不能再好。

我连着 30 年没有睡觉。然后我睡了，一睡就是 16 年。在那 46 年结束时，我的身体看起来仍然是 23 岁。

你是不是像我当时一样，开始明白发生了什么事？我遭受的辐射——或者说多种类型辐射的共同作用——完全改变了我的脑垂体功能。除了辐射外还有其他因素。大约 15 万年前，我研究过内分泌学，我觉得我弄清了我身上发生这件事的原因。如果我的计算正确的话，我身上这件事在现实中发生的概率只有数十亿分之一。

当然，我身体各方面的衰退和老化并没有完全消除，但其速度变慢了，我变老的速度是每 45 年相当于普通人一天。所以我不是永生的。过去的 18 万年以来，我老了 11 岁。我现在身体的实际年龄是 34 岁。

45 年对我来说就像一天一样。我大约连续 30 年不需要睡觉，然后一口气睡上 15 年。万幸的是，我最初的那几"天"没有碰上社会完全瓦解或重回野蛮的时代，否则我肯定没法在最初的那几次睡眠中幸存下来。但我还是活了下来，那时候我研究出了一套办法，可以让自己生存下来。从那时起，我睡了大约 4000 次，都活了下来。也许有一天我会倒霉地死掉。也许有一天，尽管我采取了安全保卫措施，还是有人会发现并闯入我的秘密藏身处。那是一个洞穴或者保险库，我把自己封在里面度过一次睡眠。但这种事不太可能发生。我的每一个藏身处都要用很多年的时间来准备，还有4000次人生的丰富经验。你可能无数次经过这样的地方，却永远不知道那里有我的藏身处，就算你怀疑那里有什么，你也进不去。

与你的猜测相反，我在两次清醒之间的睡眠时期里生存下来的概率，要比我在清醒活跃的时期里生存下来的概率高得多。虽然我掌握了各种生存技巧，但我能在如此多的清醒时期里幸存下来也许是一个奇迹。

我的生存技巧非常优秀。我经历过7场大规模的核武器战争和超级核武器战争，这些战争曾让整个地球的人口减少到只剩几个野蛮人，留在为数不多的几个人类能够存活的地方，待在几堆篝火旁。在其他的时代，除了我们自己的银河系之外，我还去过5个河外星系。

我有过几千个妻子，但同一时间内总是只有一个，因为我出生在一个一夫一妻制的时代，也一直持续了这个习俗。我有过几千个孩子。当然，我从来没能和一个妻子在一起超过30年，因为之后我就要消失了，但30年对一对夫妻来说已经够长了——尤其是她会以正常速度老去，而我变老的速度几乎无法察觉。哦，当然，这会带来很多问题，但我后来知道怎么处理这些问题了。我结婚的时候，总会娶一个尽可能比我年轻得多的女孩，这样之后的年龄差距就不会变得太大。比如，我30岁的时候，就娶一个16岁的女孩[18]。等到我必须离开她去睡15年觉的时候，她已经46岁了，而我看起来仍然是30岁。醒来之后，我不会再回到那个地方，这对我俩或者对每一个人来说都是最好的。如果那时她还活着，她已经超过60岁了。可即便对她来说，一个年轻的丈夫起死回生也不是件好事。我给每一任妻子都留下了很好的生活条件，让她成为一个有钱的寡妇——有钱，或者有那个特定时代被人们认为是财富的东西。这东西有时是珠子和箭头，有时是粮仓里的小麦，还有一次——我经历过一些很特殊的文明——是鱼鳞。我总是能无比轻松地获得我应得的甚至更多的金钱，又或是当时作为货币使用的东西。经过几千年的磨炼，对我来说难的是另一件事——知道什么时候该停止赚钱，以免变得过于富有，引起他人关注。

由于显而易见的原因，我总是能控制好自己的财富规模。由于一些你会明白的原因，我从来不想追求权力，也没有——至少在最初的几百年之后没有——让人们怀疑过我和他们不一样。我甚至每天晚上都会花几个小时躺着思考，假装自己在睡觉。

但这些都不重要，就像我自己并不重要一样。我告诉你这些事，只是为了让你明白，我是怎么知道我接下来要告诉你的真正重要的事情的。

我告诉你这件事，并不是因为我想让你接受什么理念。

---

18 | 本文写作于1949年，这里的内容反映了当时的性别观念。美国各州的法定结婚年龄不同，部分州的法定结婚年龄只有14岁。

这是一件即使你想要改变也无法改变的事，同时也是一件如果你理解的话就不会想要去改变的事。

我并不是想影响你或引领你。在4000次人生中，我几乎做过一切职业——唯独没做过领导者。我主动避免了这种事发生。哦，我确实经常成为野蛮人心目中的神，但那是因为我必须成为野蛮人心目中的神才能生存。我使用他们认为是魔法的力量，只是为了在一定程度上保持秩序，而绝不是为了引导他们或阻止他们做什么事。如果我教他们使用弓箭，那是因为猎物太少，我们都在挨饿，而他们能生存下去，我才能跟着他们一起生存下去。如果一种生存模式是他们所必需的，我就不会去干扰它。

我现在要告诉你的这件事并不会干扰你们的生存模式。

这件事就是：人类是宇宙中唯一永生的生物种群。

宇宙中过去曾经有过，现在也有众多的种族，但他们要么已经消亡，要么终将走向消亡。10万年前，我们曾经用一种仪器来测绘外星种族，这种仪器可以检测到思想与智慧的存在，并能够衡量那个种族的智能水平和道德品质，无论那种思想与我们的思维方式有多不同，或距离我们有多遥远。5万年后，新时代的人重新发明了这种仪器。这一次人们发现的外星种族和上次一样多，但其中只有8个种族是5万年前就存在的，而且这8个种族每一个都已衰老垂死。他们已经过了能力发展的顶峰，终将消亡。

他们已经达到了自己能力的极限——而且每个种族总是有极限的——他们别无选择，只能走向灭亡。种族的生命是动态的，它永远不可能保持静止——不管它静止时所处的水平是高是低——一直生存下去。

这就是我要告诉你的事，这样你就再也不会因人类的自我毁灭而恐惧了。一个种族只有周期性地自我毁灭，周期性地消除自身的进步成果，回到起源状态，才能作为智慧生物生存足够长的时间，比如6万年。

在整个宇宙中，只有人类这一个种族，达到了高水平的智力，却没有达到高水平的理智。我们是独一无二的。人类这个种族目前生存的时长至少是其他种族的5倍，这是因为我们神志不正常。有时候，人类也会隐约意识到疯狂是神圣的。但只有在文明水平发展得足够高时，人类才会意识到自身的集体性疯狂，意识到人类永远会自我分裂、自我斗争、自我毁灭——并以全新的面貌从灰烬中重生。

凤凰这种鸟会周期性地在燃烧的柴堆上自焚，从而获得新生并再活1000年，一次又一次，永恒不止。这只是一个隐喻的神话。但现实中像凤凰一样永生的种族是存在的，而且独一无二。

你，人类，就是那只凤凰。

没有什么能摧毁你，现在——经历过很多次高级文明发展后——你的后裔已经散布到了1000颗恒星的无数行星上，散布到了100个星系中，这些地方都永远重复着人类的生存模式。我想，这个模式正是始于18万年前。

但我并不确定这一点，因为我曾经见到过，一个文明衰落到下一个文明兴起之间，两三万年的时间就会摧毁所有痕迹。在两三万年的时间里，记忆变成传说，传说变成迷信，最终连迷信都消失了。金属锈蚀，回归尘土；石头经历风雨侵蚀，被植物遮蔽。大陆的轮廓也在变化——冰川来来去去，20000年前的城市遗址，而今可能被几英里厚的泥土覆盖，或是处于几英里的深水之下。

所以我无法确定。也许我所知的第一次毁灭文明的战争并不是真正的第一次。可能早在我的时代之前，人类文明就已经经历过兴起和衰落了。如果是这样的话，它只是强化了我刚刚向你说明的观点：人类生存的历史可能超过我所知的18万年，人类经历的毁灭性战争次数可能超过了我以为的6次，在我以为是人类第一次像凤凰投入火堆般重生的那次战争前，人类早已重生过。

但是——即使不考虑我们人类的后裔已经散播到了众多的星球上，以至于即使太阳用尽能量而衰亡，或是变为超新星也不会毁灭我们——过去并不重要。卢尔、坎德拉、特拉冈、卡、穆、亚特兰蒂斯——这是我所知的6个过去的人类文明，它们彻底消失了，就像当前的人类文明将在大约20000年后彻底消失一样，但人类这个种族整体，无论是在这里还是在其他星系，都能幸存下来，人类这个种族将永生不灭。

在你们当前的时代，消除那种"人类会自我毁灭"的想法将有助于你保持内心平静——因为你的思考会受到它的困扰。也许，我确实知道，如果你们能明白，即将到来的很可能是发生在你们这一代人生命中的核武器战争，不会是一场毁灭性的战争，会对你的思考有所帮助。现在你们的文明发展距离能发动毁灭性的战争还早得很，你们要过很久才能研制出过去的人类曾经多次拥有的具有真正毁灭性破坏力的武器。这种武器会让你们回到原始时代。没错，会有一个世纪或者几个世纪的黑暗时代。然后，这场战争（你称之为第三次世界大战）的记忆会警告后来的人类，他们会以为——这是人类在经历一场温和的核武器战争后总会有的想法——人类已经征服了自己的疯狂。

在一段时间内——如果生存模式还有效的话——人类能控制住自己的疯狂。人类将再次前往群星，发现自己以前已经去过那里了。嘿，500年之内你就会再次前往火星，我也会一起去火星，再去看看我曾经参与挖掘的运河。我已经80000年没有去过那里了，我想看看时间对火星做了什么，对那些上次文明时期失去太空飞船的动力而被隔绝在那里的人做了什么。当然，他们也会遵循人类的生存模式，但这个模式发展的速率并不一定是恒定的。除了文明发展的顶峰之外，我们可能会发现他们处于人类文明周期的任何阶段。如果他们处于文明发展周期的顶峰，我们就不用去找他们了——他们会来找我们。当然，和他们现在的自我认知一样，我们也会觉得他们是火星人。

我想知道这一次你们的文明能发展到多高的程度。我希望不会像特拉冈文明那么高。我希望人类再也不会发明特拉冈文明用来对付他们的斯科拉殖民地的武器。斯科拉当时是太阳的第 5 颗行星，直到后来特拉冈人把它炸成火星和木星之间的小行星带。当然，只有星际旅行又变得常见之后很久，这种武器才会被开发出来。如果我发现人类即将再次发明这种武器，我就会离开银河系，但我不希望这成为现实。我喜欢地球，如果它能持续得足够久，我希望能在地球上度过我的余生。

也许地球不会延续那么久，但人类将会延续。无论在何地，都将永远延续，因为人类永远不会保持理智，只有疯狂才是神圣的。只有疯狂的种族，才会毁灭自己，毁灭自己历尽艰辛获得的一切东西。

唯有凤凰永生。

第一台时间机器

格兰杰博士郑重地说："诸位，这就是人类的第一台时间机器。"

他的 3 个朋友盯着它看。那是一个盒子，大约 6 英寸 [19] 见方，上面有一个旋钮和一个按钮。

"只需要把它拿在手里，"格兰杰博士说，"把旋钮设置到你想要的时间，按下按钮，就会穿越到那个时间。"

斯梅德利是博士的 3 个朋友之一，他伸手拿起盒子，端详着它。"真的能穿越时间吗？"

"我简单地测试了一下，"格兰杰博士说，"我把时间定在一天之前，然后按下了开关。我看到了我自己——我自己的背影——恰好走出房间。让我有点不适应。"

"你觉得如果你当时冲到门口，踢自己一脚，会发生什么？"

格兰杰博士笑了。"也许我没法踢到自己——因为这样

---

19 | 原文采用英制度量衡。6 英寸约合 15 厘米。

做会改变过去。你知道，这就是那个历史悠久的时间旅行悖论。如果一个人回到过去，在自己的祖父还没遇见自己的祖母之前就杀死自己的祖父，会发生什么？"

斯梅德利手里还拿着那台时间机器，他突然退后几步，远离另外3个人。他对他们3个微笑着。他说："那正是我要做的。你说话的时候，我就已经把时间设置到60年前了。"

"斯梅德利！别这样！"格兰杰博士朝斯梅德利走去。

"别动，博士。你要再往前走我就马上按下按钮。你别动，我会向你解释的。"格兰杰博士停住了脚步。"我也听说过这个悖论。我对它一直很感兴趣，因为我知道，只要有机会，我一定会去杀了我的祖父。我恨他。他是一个残忍暴虐的人，他让我祖母和我父母的生活如同地狱般痛苦。所以现在就是我一直在等待的机会。"

斯梅德利的手伸向按钮，按了下去。

突然间，一片模糊……斯梅德利发现自己站在一片田野里。他只用一瞬间就确定了周围的方向。如果现在他身处的地方将来会是格兰杰博士的房子的位置，那么只要往南走一英里就是他曾祖父的农场。他迈开了脚步。路上，他找到了一根木头，可以当棍子用，非常趁手。

在农场附近，他看到一个红头发的年轻人，正在用鞭子抽打一条狗。

"别打！"斯梅德利大吼一声，冲了上去。

"少管闲事。"年轻人一边说着，一边继续用鞭子抽狗。

斯梅德利抡起了棍子。

60 年后，格兰杰博士郑重地说："诸位，这就是人类的第一台时间机器。"

他的两个朋友盯着它看。

黑色插曲

（与麦克·雷诺兹合著）

　　本·兰德警长的眼神很严肃。他说："好吧，孩子。你感到很紧张，这是正常的。但如果你说的事是真的，别担心。什么都不用担心，一切都会好起来的，孩子。"

　　"这是 3 个小时前的事了，警长，"艾伦比说，"很抱歉我过了这么久才进城来，把你吵醒了。但是我姐姐歇斯底里了一阵儿。我只能先想办法让她安静下来，而我那辆老爷车又一直打不着火。"

　　"别怕吵醒我，孩子。警长是没有休息时间的。而且现在也不算晚，我只是碰巧今晚睡得早。现在咱们先搞清楚一些事。你说你叫卢·艾伦比。艾伦比，在这片地方是个响亮的姓氏。你是兰斯·艾伦比的亲戚？以前在库珀斯维尔镇上做饲料生意的兰斯。我和他是同学……现在说说那个自称来自未来的家伙吧……"

———※———

历史研究所主任直到最后还是对项目持怀疑态度。他争辩道："我还是认为这个项目不可行。这个项目涉及一些无法解决的悖论……"

著名的物理学家马特博士礼貌地打断了他的话。"先生，您一定对二分法很熟悉吧？"

主任不熟悉，所以他保持沉默，表示他需要一个解释。

"芝诺提出了二分法。他是一位古希腊的哲学家，大约生活在古代先知之前的 500 年[20]，原始人用其出生日作为纪年开端。二分法指出，我们不可能走完任何给定的路程。论证过程如下：首先，必须走完路程的一半，然后，还要走完剩下的路程的一半，依此类推。结论是永远存在一部分还没走完的路程，因此'运动'是不可能的。"

"这个类比有问题。"主任反驳道，"首先，你说的这个希腊人认为，任意一个由无限多个部分组成的整体，其本身也一定是无限的，然而，我们知道，无限多个元素可以构成一个有限的整体，此外……"

马特温柔地笑了，举手打断了他："先生，请别误解我的意思。我不是在否认今天我们已经理解了芝诺悖论。但是请相信我，在很长的一段历史中，全人类最优秀的头脑也没

---

20 指公元前 5 世纪，后文中未来的人们改变了纪年方式，所以此处用较复杂的方式表达此时代。

法把它解释清楚。"

主任委婉地把话题拉回来："我没明白你的意思，马特博士。请原谅我在这方面了解不多。芝诺的这种二分法和你计划进行的回到过去的探险，到底有什么联系呢？"

"我只是在做一个类比，先生。芝诺设想了一个悖论，证明人不可能走完任何路程，古人也无法解释这个悖论。但这会让他们不走路吗？显然不会。如今，我和助手们一起设计出了一种方法，可以让这位年轻的朋友扬·奥布林回到遥远的过去。悖论马上就出现了，如果他杀死了他的祖先，或者用其他方式改变了历史，结果会怎样？我还没有办法解释时间旅行中这种明显的悖论如何解决，我只知道时间旅行是可以实现的。毫无疑问，未来有一天会有比我更强的头脑解决这种悖论，但在那之前，我们还是一样会进行时间旅行，无论是否有悖论。"

扬·奥布林一直坐在那里，紧张而安静，听着他那些学术地位崇高的领导们说话。现在他清了清嗓子，说："我想实验预定要开始的时间已经到了。"

主任耸耸肩，表示他还是不赞同，但没再说话。他用怀疑的目光审视着实验室角落里的那台仪器。

马特博士扫了一眼计时器，然后匆忙地对他的学生做了最后的指示。

"我们之前已经说过很多次了，扬，但简而言之，你应该会回到古人所说的 20 世纪中叶左右，我们还无法确定确切的时间。当时的人使用美式英语，你已经完整学习了这门语言，所以在语言方面应该不会遇到什么困难。你会出现在北美合众国 [21]，一个古老的国家——古人所称的"国家"是一种政治分裂实体，我们还不太确定他们这么做的目的。你这次探险的目的之一，就是确定为什么当时的人类会分裂成几十个国家，而不是只有一个政府。

"你回到过去之后必须随机应变，扬。我们的历史记录太模糊了，没有多少信息能帮助你预先了解那边会是什么样。"

主任插话说："我对此极为悲观，奥布林，但既然你是自愿的，我也就无权干涉了。你最重要的任务是要留下一个信息，流传下来让我们知道。如果你成功了，我们会尝试前往其他的历史时代。如果你失败了……"

"他不会失败。"马特说。

主任摇摇头，与奥布林握手告别。

扬·奥布林走到仪器旁，爬上了仪器的小平台。他紧抓着仪表盘上的金属把手，似乎有点绝望，尽可能地掩饰着自己内心的畏惧。

——※——

警长说："好吧，这个家伙——你说他自称来自未来？"

卢·艾伦比点头，说："大约 4000 年后。他说那是

---

21 | 原文是"The United States of North America"，是现实中美国国名全称"美利坚合众国"（The United States of America）的变形，作者多处采用这种变化方式表现未来人的历史缺失。

三二几几年，但那是从现在算来大约 4000 年后，他们把纪年法也改了。"

"你觉得他不是在说胡话，孩子？从你说话的语气中，我能听出你有点儿相信他了。"

艾伦比舔了舔嘴唇。"我确实有点相信他了，"他倔强地说，"他身上有些东西，跟一般人不一样。我不是说他身体上有什么特别的地方，让他一看就不是现在的人，但是……确实有些东西不一样。就好比……嗯……他很平静，很放松，给人的感觉就像他来的地方的每个人都和他一样平静。而且他很聪明，很有学问。而且，他也绝不是个疯子。"

"他从未来回到现在是要做什么呢，孩子？"警长的声音温和中带着刻薄。

"他是个什么学校的学生。从他的话看来，他那个时代差不多所有人都是学生。他们解决了所有生产和分配的问题，也没人需要担心安全问题。事实上，他们似乎不用担心我们现在要担心的任何事。"

卢·艾伦比的声音中有一丝惆怅。他深呼吸，然后继续说："他回我们这个时代是为了做研究。他们似乎对这个时代了解不多。中间有段时间出事了，有一段好几百年的时间很混乱，大多数书籍和历史记录都没了。他们还有一些书和记录，但不是很多。所以他们对我们的了解也不多，他们想填补那些他们不知道的东西。"

"他说的这些你都信了，孩子？他有证据吗？"

———※———

　　这就是危险之处，时间旅行的主要风险所在。实际上，他们对 4000 年前的具体地形一无所知，也不知道当时的树木或建筑物位于何处。如果回到过去后出现在错误的地方，很可能会当场死掉。

　　扬·奥布林很幸运，他没有撞上任何东西。事实上，情况正好相反。他出现在一片新犁过的田地上方 10 英尺[22] 高的空中。这一下摔得很厉害，但松软的土地保护了他。有一只脚踝似乎扭伤了，但不太严重。他忍痛站起来，环顾四周。

　　光是看到农田就足以让他知道，马特博士的时间旅行实验至少有一部分成功了。他现在所处的时代远比他自己的时代早。在这个时代，农业还是人类经济不可或缺的一部分，这无疑表明他正身处一个更早期的文明。

　　大约半英里外，有一片茂密的树林。那不是一个公园，甚至也不是一片他那个时代按计划种植、用来让受控制的野生动物生活的森林。会有这种让树木随意生长的地方几乎令他难以置信。但是，接下来，他还得习惯各种令人难以置信的事。在所有历史时代中，他们对这个时代的了解最少，会有很多奇怪的事情。

　　在他右边几百码远的地方，有一座木质的建筑。虽然外表原始，但它无疑是人类居住的地方。他不能再拖延了，必

———————————
22 | 原文使用英制度量衡，10 英尺约合 3.05 米。下文的半英里约合 800 米。

-68-

须与古代的同类接触。他一瘸一拐地艰难走过去，准备与 20 世纪的人类相遇。

女孩显然没有看到他突如其来地出现，但当他走到那个农舍的院子时，她已经到门口来迎接他了。

她的衣服属于这个古老的时代，因为在他那个时代，女装并不是为了吸引男性而设计的。然而，她的衣服颜色明亮而有品位，强调了她年轻身体的曲线。让他吃惊的不只是她的衣服，她的嘴唇上有一抹色彩，他突然意识到这颜色不可能是天生的。他之前在书里读到过，原始人妇女会往脸上涂各种颜色、油彩和颜料——不知为什么，现在他目睹了这种原始习俗，却并不排斥。

她微笑着，嘴唇上的红色把牙齿衬得更加洁白。她说："沿着路走可比穿过农田容易。"她的眼睛望着他。而且，如果他更有经验的话，他会从她的眼神里发现她对他感兴趣。

他认真地说："恐怕我对你们的农业生产方式并不熟悉。我相信我没有对你们在园艺方面努力的成果造成不可挽回的损失。"

苏珊·艾伦比冲他眨了眨眼。"天哪，"她轻声说，声音中隐约带着一丝笑意，"你说话时可真是咬文嚼字。"当她发现他用左脚撑着身子时，她的眼睛突然睁大了。"哎呀，你受伤了。快进屋来，我看看能不能帮你处理一下。怎么搞的……"

他静静地跟着她，心不在焉地听着她的话。某种东西——某种超乎寻常的东西——正在扬·奥布林的内心生长，以某种奇怪而又令人愉快的方式影响着他的血液流动和心跳速度。

他现在知道马特和主任所说的悖论是什么意思了。

——※——

警长说："嗯，他到你家的时候，你已经走了，但他是怎么到那里的？"

卢·艾伦比点点头。"是的，那是 10 天前的事了。我在迈阿密度假，待了两周。我和姐姐每年都会出去度假一两周，但我们在不同的时间去，部分原因是我们觉得，亲人间偶尔也要分开一段时间，这是个好主意。"

"当然，是个好主意，孩子。但是你姐姐相信那个关于他的来历的故事吗？"

"是的。而且，警长，她有证据。我真希望我也能看到那证据。他落下来的那片田是新犁过的。她包扎好了他的脚踝，又听了他告诉她的话之后，感到很好奇，就跟着他的脚印走过田地回到脚印开始的地方。脚印到那里就没了，或者更确切地说，是从那里开始的。在田地正中间，有一个深深的痕迹，看起来就像是有人从空中摔下来留下的一样。"

"也许他是从飞机上下来的，用的降落伞，孩子。你想到这个可能了吗？"

"我想到了，姐姐也想到了。她说除非他把降落伞吞到肚子里了，他才有可能是跳伞下来的。她跟着他留下的脚印看了——只有几百码，附近没有任何地方可以藏降落伞，或者把它埋起来。”

警长说：“你说他们很快就结婚了，是吧？”

“两天后结婚的。家里的汽车我开去度假了，姐姐就赶着马车带他进了城——他不会赶马车——然后他们就结婚了。”

“你看到结婚证了吗，孩子？你确定他们真的……”

卢·艾伦比看着他，嘴唇开始发白，警长赶忙说：“没事的，孩子，我不是那个意思。放松一点，孩子。”

——※——

苏珊给她弟弟发了封电报，想告诉他这些事，但他换了家酒店，不知为何，电报没有被转发到他的新酒店。大约一周后，他开车回到农场，才知道了这桩婚事。

他自然很吃惊，但约翰·奥布莱恩——苏珊把他的名字改得更寻常了——看起来很讨人喜欢。他也很英俊，虽然多少有点跟常人不同，但他和苏珊似乎正爱得神魂颠倒。

当然，他没有钱。在他那个时代，人们已经不用钱了，他之前告诉过他们。但他是个好工人，一点也不软弱。所以没有理由认为他没法养家。

他们3人计划让苏珊和约翰先暂时留在农场，直到约翰熟悉了目前的情况再说。他希望在那之后能够找到个方式来赚钱，他对自己在这方面的能力非常乐观。他还想花时间带着苏珊一起旅行。显然，他能够通过旅行来了解这个时代的情况。

最重要的事，就是想办法让未来的马特博士和研究所主任收到一些信息。时间旅行的研究能否继续下去，现在全靠他了。

他向苏珊和卢解释说，这是一次单程旅行。目前的仪器只能以单向实现时间旅行，可以回到过去，但不能前往未来。他是一个自愿被流放的人，注定要在这个时代度过余生。他向未来传送信息的办法是，当他在这个时代度过了足够长的时间，能够详细描述它时，他会把这个时代的情况写成报告，把报告放到一个他专门制作的盒子里，这个盒子可以保存40个世纪，然后把盒子埋到一个指定的地点，未来那边已经确定了要在这个地点寻找信息。他有这个地点的精确地理位置。

当他们告诉他，那个时间胶囊已经在指定地点埋好了的时候，他非常兴奋。他之前就知道，那个埋时间胶囊的地点从未被挖过，并把这一点写进了他的报告，这样未来的人们就能够找到胶囊。

他们晚上一直在聊天，扬讲述了他的时代，以及他所知的在这个时代与他的时代之间的漫长历史；讲述了人类在科学、医学和人际关系领域的长足进步和克服的难题。他们也向扬讲述了他们的情况，给他讲了这个时代的政府设置和生活方式，他认为这种生活方式非常独特。

卢一开始对这桩突如其来的婚姻不大高兴，但他发现自己对扬的态度越来越亲近。直到……

———※———

　　警长说：“直到今天晚上，他才告诉你他是什么人？”

　　“是的。”

　　“你姐姐听到他说那话了？她会帮你吧？”

　　“我……我想她会的。她现在心烦意乱，就像我说的，有点歇斯底里。她一直尖叫，说她要离开我，离开农场。但她听到了他说那话，警长。他一定把她给迷住了，要不然她不会像现在这样行事。”

　　“我不是怀疑你的话，孩子，但关于这种事，她也听到了会好些。你们是怎么说起这事的？”

　　“我问了他一些问题，关于他那个时代的事，后来，我问他那个时代的种族问题处理得怎么样，他显得很疑惑，他说他记得学过的一些历史里面有关于种族的事，但他那个时代已经没有任何种族了。

　　“他说，在他的时代，在一场什么战争——我没记住那场战争的名字——之后开始的新时代，所有的种族都融合到一起了。有段时间白人和黄种人互相残杀，几乎杀光了，非洲人统治过世界一段时间，然后，通过殖民和通婚，所有种族开始融合，到他那个时代，已经完全融合到一起了。我盯着他问：‘你的意思是，你身上有黑人血统？’他说得很轻巧，就像这事无关紧要一样，‘至少有四分之一吧’。”

　　“好吧，孩子，你只是做了你必须做的事，”警长郑重地对他说，"这毫无疑问。"

"我眼前一片血红。他和姐姐结婚了，他和她睡觉了。我疯了，我甚至不记得我是怎么拿起枪的。"

"好吧，别担心这事了，孩子。你做得对。"

"但我难受得要命。他不知道。"

"这个事啊，立场不同，看法就不同，孩子。也许你听他的胡扯听得太多了。来自未来，呵！为了冒充白人，这些黑人会想出很多花招。他的故事有证据吗？地上的那个痕迹能算证据？都是胡说八道，孩子。没有什么来自未来的人，也没有人能去未来。我们可以把这事压下来，永远不会有人听说这件事，就像它从未发生过一样。"

不幸的是……

拉尔夫 NC-5 松了口气，他在观测镜中看到了大角星[23]的四号行星，位置与电脑的预测完全一致。在大角星的行星中，有生物生存或具备生物生存条件的只有大角星四号，而此处距离下一个恒星系统还要航行很多光年。

他急需食物——他的燃料和水都还充足，但是冥王星上的物资部门在给他的侦察机准备物资时出了个错——而且，根据太空手册所说，大角星四号的原住民很友好，他们会满足他的任何要求。

手册在这方面说得非常具体，他设置好自动着陆的控制程序，就马上开始重新阅读手册中关于大角星人的简要介绍。

"大角星人，"他读道，"外形是非人类的，但他们非常友好。降落在这里的飞行员只需要告诉他们自己想要什么东西，大角星人就会为他准备好这些物资，随时免费提供，

---

23 | 大角星（牧夫座 α，英文名 Arcturus）是夜空中最明亮的恒星之一。它是一颗红巨星，目前科学研究未发现大角星有行星，但很多科幻小说的设定中都出现了大角星的行星。

毫无异议。

"不过,我们只能用纸笔和他们交流,因为大角星人既没有发声器官,也没有听觉器官。但是,他们可以相当流利地读写英语。"

拉尔夫 NC-5 已经经历了 5 天的食品短缺和 2 天的完全断食,他思考着自己该先吃什么东西,忍不住流出了口水。一周前,他发现物资部门在给他的储物柜备货时出了错。

食物,美味的食物,在他的脑海中接踵而至。

他着陆了。十几个大角星人出现了,他们的样子确实是非人类的——有 12 英尺²⁴ 高,6 条手臂,明亮的洋红色皮肤——他们走近拉尔夫 NC-5,为首的大角星人向他鞠躬,递给他纸笔。

忽然之间,他完全确定了自己想要吃什么。他迅速写下来,然后把本子还给了大角星人首领。它在他们中间从一只手传到另一只手。

然后他突然发现自己被抓住了,双臂也被绑起来了。随后,大角星人们把他绑到一根木桩上,在木桩周围堆起了柴火和树枝。一个大角星人点了火。

他尖叫着让他们停下,但没有任何作用,不是大角星人对他的话置若罔闻,而是他们根本没长耳朵。

他痛苦地尖叫着,然后,尖叫停了。

太空手册说,大角星人可以相当流利地读写英语,这是对的。不幸的是,它忘了补充说明大角星人辨识单词拼写的

---

24 | 原文采用英制度量衡。12 英尺约合 3.66 米。

能力很差。否则拉尔夫 NC-5 绝对不会要一块嘶嘶作响的铁板牛排 [25]。

---

25 | 铁板牛排英文为 "Sizzling steak"，其中 "sizzling" 意为 "极热的，因高温发出声音的"，而 "Steak"（牛排）则与 "Stake"（木桩，火刑的行刑柱）易混淆。大角星人拼写能力差，误以为拉尔夫 NC-5 想要得到的是 "一根燃烧的火刑柱"。

赌徒们

I

你躺着，浑身发冷，同时大汗淋漓。你感觉反胃，感觉所有内脏都在疼，因为你之前一直在干呕。你的喉咙也有一点灼烧感。但你是一个赌徒，这是你的赌局，赌你自己能不能保住命，直到来接你的飞船到达——那艘太空飞船的名字叫"救济"号，这个名字对你来说再合适不过了。

你必须活下去的时间比你想的还要久。还有多少天？你不知道——你已经忘记了时间，忘记了白天和黑夜。39天——39个地球日——从"救济"号离开，把你留在这里，到他们回来接你为止，一共39天。但你不知道现在已经过了多少天，还剩下多少天。你怎么就忘了给手表上发条呢？或者从一开始就在墙上做记号，就像囚犯在牢房里那样，每天画一道记号，数着日子等待重获自由的那一天。

你没法用读书来打发时间，就算你没有像现在一样难受到无法读书也不行，因为那些外星人把你所有的书都拿走了。你现在愿意用生命来交换书写的能力，但你连一个单词都写不出来，因为那些外星人在之前的催眠中对你施加了精神禁锢。你现在想不起任何一个字母的形状，甚至想不起任何一个字母的发音，更别提怎么拼写整个单词了。

你只能从头开始重新学习书写，除非你能看到印刷或者手写的文字，从而恢复你关于书写的记忆，不过那也得有机会再看到它们才行。他们精心检查过，确保了这个小型穹顶建筑里没有留下任何文字。连氧气瓶上的序列号或者牙膏包装上的标签都没有。

当然，他们也拿走了所有的书写工具和纸张，但要是你现在还会写字的话，你就有可能找到什么东西，可以在墙上画出字迹。你试了试——你想到了"猫"这个单词，你知道这个单词的发音和意义，知道猫是什么东西，但你现在就算想一辈子，也想不出来它怎么拼写，不知道它是 2 个字母还是 10 个字母。你现在几乎连什么是字母都没法去思考。你搞不太懂如何把声音写到纸上。是的，如果没有其他帮助，试图打破他们在你脑子里设置的禁锢，这事是毫无希望的。你还是停止与它做斗争比较好。

如果你能活到那艘飞船到达，至少你还可以说话。而且你必须活下去，这样你才能告诉他们发生了什么事。活成你现在这副痛苦的样子并不是你想要的，但这是你必须做的。如果你必须为每一次呼吸而战斗，那么好吧，你会战斗。你自己的生命在这件事里无关紧要。

你的胃又开始难受了。好吧，别想它，想想别的事。回忆一下你从地球来到这里的旅程——地球，你亲爱的老家。想想地球，转移你的注意力，忘掉腹部的不适。

你还记得从地球起飞时的情景。起飞过程让你很害怕，你了解到的飞船知识和你正亲身体验的起飞过程令你感到非常惊奇。阀门打开，燃料泵开始混合，增压装置开始把液态氢和臭氧喷到发动机里。飞船开始振动，这让你知道它成功点火了。"救济"号慢慢地在停机坪上移动起来。

飞船推进器的轰鸣声即使在几英里之外也清晰可闻。而在飞船里听到的声音沉重如雷，震耳欲聋，然后亚音速飞行引起的振动带来了无法预知、无法分析的恐惧。每个声音频率上，不管是人耳能听到的还是听不到的，都有巨大的噪声。任何耳塞都无法阻挡超音速和亚音速飞行带来的噪声。这些声音你根本不是用耳朵听到的，而是用整个身体听到的。

是的，这次起飞是迄今为止你经历过的最激动人心的事情，尽管"救济"号的船长和3名船员似乎已对起飞感到厌烦。这是你第一次坐太空飞船起飞，却是他们的第20次或者第30次起飞。嗯，如果你能活到"救济"号回来接你的话，你还有一次体验飞船起飞的机会——起飞回到地球。对你来说，再经历这一次起飞就足够了——你会开开心心地回到天文台实验室的日常工作中。

一次往返月于球的旅行，在月球上待39天，对于任何不是宇航员也从没指望过自己能当上宇航员的人来说，都应该是一次足够刺激的冒险了。而你现在遭遇的大麻烦，应该足以让任何人在余生都不想再冒险了。只不过，你的余生可能只剩下几分钟或者几小时了。如果那些外星人算错了什么或者你自己猜错了什么……

别再想这件事了。你会活得很好。你已经打败了那些外星人——至少你希望如此。担心这件事没有任何好处。你正在做你能做的一切，躺在这里，尽量保持安静，这样你就可以尽可能少地消耗氧气。那些外星人只给你留下了勉强够活命的食物和水，但氧气才是真正棘手的问题。就算再节省也很难活命。

但是，如果你不做任何不必要的动作，尽可能地节约氧气，你还是有可能活下来。睡眠是最好的选择——人在睡眠时消耗的氧气最少。但你也不能一直睡觉。事实上，虽然你现在陷入了痛苦不堪的悲惨境地，但你还是根本睡不着。

你现在能做的只有安静地躺着思考。想想整件事的来龙去脉。想想你为什么会在这里。

你会来到这里，是因为——和很多其他的天文台技术人员一样——你回复了《天文学杂志》上的一则广告。这则广告让你兴奋不已。"征求一名技术人员，要求年轻、身体健康，需要前往月球上的小型天文观测穹顶，并独自一人度过一到两个月的时间，其间需要拍摄一系列地球照片用于气象研究。必须会用奥格登天文相机及滤光镜，能自己冲洗底片。心理状态必须稳定。"

这则广告可没说"必须能够为外星生命形态提供扑克牌

指导"，但你也不能为此而责怪美国气象学会。月球上原本就没有任何生命，甚至没有能供人类生命长期存活的条件。除了这样的小型天文观测站外，月球上根本不值得费那么大代价建更大的生存基地。2 年后，也许是 20 年后，当人类有了更先进的火箭，足以去探索火星和金星时，人们当然会在月球上建立基地。但目前，除了初步勘探之外，人类还没在月球上开始实质性的建设。

是的，此时此刻，你很可能是月球上唯一的人类。就算还有其他的基地，它们也在数千英里之外，因为基地总是建在陨石坑里——在陨石坑的边缘附近。而你当前所在的这个小穹顶几乎位于月球面向地球一侧的正中心，远离那些可能建基地的位置。

嗯，你真的已经做了一大堆工作。虽说你还没有用奥格登天文相机拍一张照片。但这不是你的错，外星人当然把相机也拿走了，没有相机你就没法拍照，对吧？

浪费了 39 天——算上训练时间和航行时间，实际上浪费了 2 个月——到头来你连一张能作为成果的照片也没有。但如果你死了，他们也不能因此而责怪你。别再想这事了——你不会死——你不敢死。

别再想你会死了。想想别的，什么都行。想想你来到这里的事。想想"救济"号的索克尔森船长是怎么把你送到这里的，那是几天前的事了？ 3 天还是 30 天？超过 3 天，肯定超过 3 天。要是你能打开这个小穹顶上方的滑动遮光罩就好了，那样你就能透过玻璃看到外面，至少可以知道现在是月球上的白天还是黑夜。

那样的话，你还可以看到地球，观察它的自转——每自转一圈就是一个地球日，这样你就能知道你已经在这里待了多久，还要等多久才能离开。不管月球上是白天还是黑夜，你总能看到地球，因为它总是在你头顶正上方。但是打开遮光罩会浪费热量，比起玻璃外面加一层隔热遮光罩的情况，只有一层玻璃时散发到外界的热量更多，你不能冒这个险。

你原本的蓄电池储备，那些外星人只给你留下了三分之一，勉强够你熬过这段时间。几乎所有的物资都只留下了刚刚够用的量，所以你也不可能通过一些化学反应——那些外星人不了解的化学反应——用其他物质生成氧气。他们没有给你留下够用的氧气。

当然，你也可以每隔一段时间打开遮光罩看看外面，然后在散发太多热量之前再把遮光罩关上，但这需要消耗体力，而一切消耗体力的事、一切运动都会消耗更多氧气。除非迫不得已，否则你连动一根手指都是在冒生命危险。

索克尔森船长和你握手告别，说："好吧，赛耶先生——现在航行结束了，我们不用称呼得太正式了，或许我应该直接叫你的名字鲍勃了——接下来这边就靠你一个人了。39天后，还是现在这个时间，我们回来接你。我可以确定，到那时候你一定已经很想回去了。"

但索克尔森根本想不到，你那时候到底有多想回去。

你对他咧嘴一笑，说："我带了点私货，船长。我带了一品脱我能搞到的最高级的保税波本威士忌[26]，庆祝自己登陆月球。和我一起去穹顶喝一杯怎么样？"

船长遗憾地摇摇头："抱歉，鲍勃，但命令就是命令。我们必须在着陆后一小时内起飞，不能超时。这段时间足够你穿上宇航服并到达穹顶，我们会在飞船左侧的舷窗里看着你，直到看到你进了穹顶为止。但对我们来说，要穿上宇航服，到达穹顶再回来，然后脱下宇航服再起飞的话，时间就不够了。你知道的，我们这行的日程安排很严格。"

是的，你知道太空航行这个行业的日程安排很严格。所以你也知道无论你的结果如何，"救济"号都不会提前15分钟，也不会迟到15分钟来接你。39天就是39天，不会是38天或40天。

于是，你点头表示认同和理解。你说："好吧，既然如此，我们能不能现在就在这儿开瓶喝一杯？"

索克尔森大笑着说："我不觉得有理由反对。飞船上没有禁止喝酒的规定——倒是有一条禁止运输酒的规定。既然你已经违反了这条……"

5个人喝一品脱酒，每人可以喝2杯。你喝第2杯酒时，他们帮你穿上了笨重的宇航服。经过航行路上这3天的接触，

---

26 | 品脱为体积单位，具体对应的体积在英国和美国、对应固体和液体物品时都不同。美制液体单位一品脱合 473.2 毫升，但实际上日常所说的"一品脱"酒为 500 毫升。保税波本威士忌（Bonded Bourbon）是一种美国烈酒。波本威士忌以谷物为原料生产，原料中要包含不少于 51% 的玉米。"保税"的前提意味着此酒是在同一个蒸馏季由单一酒厂生产的，且酒桶要在符合政府标准、接受政府监管的酒窖中陈放 4 年以上，装瓶时酒精度要调整到 50 度，政府会免除这种酒的部分税额。

-84-

他们对你来说不再是无名无姓的"太空猴子"[27]。他们是迪克、汤米、伊夫和肖蒂。虽然你在心里称呼他为"迪克",但你说话时还是叫他"船长",就算他现在叫你"鲍勃"也一样。不知为什么,"船长"这个称呼就是比"迪克"更适合索克尔森。无论如何,他们都是好哥们儿。你不知道自己还能不能再见到他们。

II

你又把思绪从现在拉回到过去,遥远的过去,但实际上可能只是几天之前。你带着行李走进压差隔离舱。两个巨大的箱子,你在地球上几乎拎不动,但在月球上你可以轻松搬动它们,就算穿着笨重的宇航服也不碍事。然后你向船员们挥手告别,因为你的宇航服面罩合上了,没法再跟他们说话了。他们挥手回应,然后关闭了压差隔离舱内侧的门。然后空气被排出去,发出嘶嘶声——虽然你听不到——外侧的舱门打开了。

下面就是月球。坚硬的岩石表面,在舱门下方 5 英尺,但舱门下方并没有装梯子。月球的引力小,用不着梯子。你把行李箱扔下去,看到它们安然无恙地轻轻落到月球表面,这让你有勇气跳下去。你的着陆出乎意料地轻盈,以至于你

---

27 | "太空猴子"(Space-monkeys)这一说法源自四五十年代起美苏两国多次使用猴子作
    为太空航行的实验动物,被用作对宇航员的戏称。

绊倒了，你知道船员们可能正在舷窗后看着你，嘲笑你，但那是友好的嘲笑，所以你并不介意。

你站起来，把大拇指顶在鼻子的位置，冲着飞船的舷窗做了个鄙视的手势，然后提起两个箱子，开始向只有 40 码[28]远的穹顶走去。你庆幸自己带了两个沉重的箱子，可以压住自己，让脚步更稳一点。但就算连这两个箱子的重量都算进去，你的重量也比在地球上要轻，而且你必须走在看似粗糙但踩上去又很光滑的火成岩上，小心翼翼地选择路线。

你到达了穹顶的外隔离舱——这是一个从穹顶建筑中凸出的部分，看起来像是因纽特人的半球形冰屋上凸出来的通道式的门——然后打开舱门，转身挥手，你可以看到船员们也在向你挥手。

你不想浪费时间，因为你想趁飞船还在的时候进穹顶。如果穹顶的压差隔离舱门卡住了——舱门从来没卡住过，培训时他们向你保证过——或者万一穹顶里有什么问题，你可以及时退出去，向船员们挥手求助或者警告他们。有一个船员会留在左舷窗的位置看着你，直到飞船大约 10 分钟后起飞。

你又从外面看了一眼穹顶——它是一个半球体，20 英尺高，底部 40 英尺宽，看起来很大。但是你在里面待一段时间的话，就会觉得很小。装供给品的柜子和水培蔬菜园占了很大一部分空间，剩下的一半是生活区，一半是工作区。

你走进外舱门，把它关上。自动亮起的小灯会告诉你该

---

28 | 40 码约合 36.58 米。

拉动哪个控制开关才能让压差隔离舱恢复密封。你拉动开关，空气开始嘶嘶作响地进入隔离舱。你观察着压力表，直到它显示气压正常，然后你伸手打开通往穹顶本体的内舱门。

一切都为你准备好了。"救济"号上一次航行时带来并安装好了奥格登天文相机和你需要的其他设备，还彻底检查了所有东西。这次旅行需要带来的全部东西只有你和你带着的行李。

你打开内舱门的锁，走了进去。有那么几秒钟，你觉得自己一定是彻底疯了。

他们就在那儿，3个外星人。一旦你确定他们真的在那儿，不是你的幻觉，你就不会怀疑他们是外星人。他们是人形生物，但他们不是人类。他们也有两只手臂、两条腿，甚至眼睛和耳朵的数量也和人类一样，但身体的比例不一样。他们大约5英尺高，皮肤是棕色的，像皮革一样，没穿衣服。他们都是男性——他们的形态足够接近人类，所以你可以看出这一点。

你扔下手里的箱子，转身想要冲回压差隔离舱。

也许你可以及时冲出去，挥手让"救济"号的船员看到。天啊，那飞船可千万不能走！这是人类第一次发现外星生物，这是有史以来最大的新闻。你必须把这个消息传回地球。

这个消息比10年前人类首次登月和20年前原子弹爆炸更重要，比任何事情都更重要。他们有智慧吗？不管是高是低，至少有一些智慧，否则他们就不可能通过那个压差隔离舱。你想要尝试与外星人沟通，你想要马上同时完成所有的事，但"救济"号一两分钟内就会起飞，所以你得先把飞船留住。

你转身冲向舱门，走到一半时，脑子里有一个声音说："停下！"

心灵感应——他们有心灵感应能力！"停下"这个词是一个命令——但如果你听从这个命令，甚至停下来向他们解释，"救济"号就要离开了。你继续往前走，并在心里努力尝试传给他们一个念头，一个匆忙的念头，告诉他们你会回来，你欢迎他们，你很友好，但现在你有更紧急的事要做。你希望他们能够理解你的意思。或者就算他们搞不清楚，至少也能让他们别做什么事来阻止你。

你快要走过那扇门了，那扇内舱门。有什么东西阻止了你。你没法动弹，感觉自己快要晕倒了。然后你脚下的地板开始震动，飞船起飞了。无论如何，你都已经太晚了。

你试图转身，但还是没法动弹。你越来越晕，终于失去知觉，摔倒了。你甚至没有感觉到自己摔到了地板上。

你醒来后，发现自己躺在地板上，宇航服被脱掉了。你看到上方有一张非人的脸在俯视着你。即便不一定是一张邪恶的脸，但也是一张没有人性的脸。

一个思维进入你的脑海。"你没事儿吧？"它不是你自己的思维。

你试着判断自己是否没事。你觉得自己没事，只不过呼吸有点困难，感觉好像空气中没有足够的氧气。

那个思维说："我们降低了氧气含量来适应我们的新陈

代谢。我感知到这可能会让你不舒服，但不会致命。根据我的感知，除了氧气问题之外你没有受伤害。"那个外星人转过脸去，他的思维传向别处，但你仍能感应到它。"卡默伦，"他的思维说，"你输给我 40 个单位的赌注，这样一来，我今天欠你的总赌注减少到还剩 70 个单位。"

"什么赌注？"你想。

"我跟他打赌，我赌你需要的氧气含量会比我们多。你想起身走动的话可以自便。我们已经搜查过了你身上和这座建筑，取走了武器。"

你坐了起来，头还是有点晕。"你们是谁？你们从哪里来？"你问。

"你不用大声说话，"思维出现在你脑中，"我们能阅读你的思维。我们愿意跟你沟通的时候，你的低等思维也能知道我们在想什么，就像现在一样。我的名字是博尔。我这两位同伴是卡默伦和大卫。是的，我感知到了，'大卫'这个名字在你们的种族中也很常见，当然，这只是巧合。我们是一个名为'撒恩'的种族，来自一个非常遥远的星系中的一颗行星。出于我们自身安全考虑，我不会告诉你我们星球与你们星系的位置关系或距离。你的名字是鲍勃赛耶[29]。你来自地球，这个小行星是地球的卫星。"

你点点头——一个毫无用处的动作。你勉力站起来，有

---

29 | 原文中根据船长的称呼，主角的名字为鲍勃·赛耶（Bob Thayer），外星人称主角为"鲍勃赛耶"（Bobthayer），因为他们分不清人类的姓与名。

点摇摇晃晃，然后环顾四周。3个外星人中个子最高的一个引起了你的注意，你收到了他的想法："我是卡默伦。我是这里的领导者。"

所以你想道："很高兴认识你，朋友。"你看向另一个外星人，想："也很高兴认识你，大卫。"你发现你可以把他们几个区分开来。卡默伦比其他人高几英寸。大卫脸上有个歪歪扭扭的洞，你猜那是他的鼻子。博尔，那个你恢复意识的时候正弯腰看你的外星人，脸比另外两个人平坦得多。他的皮肤颜色更深，看起来经历过更多风霜。

也许他比另外两个人都年长。"是的，我年纪更大。"他的想法传到了你的脑海里。这让你感到恐惧。你现在的隐私比在人人裸裎相见的土耳其浴室里面还少。

"10个单位，大卫。你输给我10个单位。"你认出这是卡默伦的想法。你不明白自己为什么能够像分辨别人的声音一样分辨这些外星人的想法，但你就是能做到这一点。你想知道为什么大卫会输给卡默伦10个单位。"我跟他打赌，你会很友好。你确实很友好。你对我们的外貌有点反感，鲍勃赛耶，但我们也对你的外貌感到反感。不过，你并没有马上对我们使用暴力的恶意想法。"

"我为什么要对你们使用暴力？"你很疑惑。

"因为我们离开这里之前必须杀掉你。不过，既然你似乎是无害的，我们也很乐意让你活到我们走的时候，好在这段时间里研究你。"

"很好。"你说。

"多奇怪啊，卡默伦，"博尔想，"他可以嘴上说一套，脑子里想的却是另外一套。万一我们需要通过任何远距离通信方式来和这些生物中的某一个交谈，我们必须记住这件事。他们撒起谎来就像半人马座四号行星上的那些原始人一样熟练。"

"你们倒是不撒谎，"你想，"但你们杀人。"

"杀死一个撒恩人才算是谋杀。杀低等生物不算。宇宙是为撒恩人而创造的，低等种族只配为撒恩人服务。你又输给我10个单位，大卫。虽然事实上我们的寿命是他短暂寿命的一千倍，他对死亡的恐惧还是比我们更强烈。当他得知我们必须杀了他时，你也感觉到了。

"这很奇怪。在宇宙中的其他地方，对死亡的恐惧总是与寿命的长度成正比。好吧，如果他们害怕死亡的话，征服他们这个叫地球的行星就会更容易。啊，现在要感知他的思维稍微难了点儿。他们会反抗。"

突然间，你更希望他们能杀了你，而不是这样剥夺你的思维。又或者，有什么办法能杀死他们吗？

"别试了，"卡默伦用思维说，"你没有武器，虽然我们体型比你小，但力量却差不多。另外，我们每一个人都能用思维麻痹你，或者让你失去意识。

"事实上，我们根本不会使用物理性的武器。这个想法令我们感到厌恶。不管是在个人战斗中，还是在征服低等种族的战争中，我们都只用思维进行战斗。是的，我能觉察到你认为这些信息对你们的种族很有用。不幸的是，你无法活到有机会警告他们的时候。"

"卡默伦，"博尔用思维说，"我跟你赌 20 个单位，赌我们的力量比他强。"

"成交。怎么证明呢？啊，他是轻而易举地拎着那两个箱子进来的，一手拎一个。你也去拎一下那两个箱子。"

博尔去试了。他力量还行，把箱子拎起来了，但略显吃力。"你赢了，卡默伦。"

你注意到这些人——好吧，你认为他们在某种程度上也算人——有多么喜欢打赌。他们似乎一切事都能用来打赌。

"我们确实喜欢赌。"博尔用思维说，"这是我们最大的乐趣。我发现除了赌博之外，你们还有其他的乐趣。我们有上千种形式的赌博，这是我们的激情所在，也是我们的放松方式。除了赌博外，我们所做的其他事情都有其目的。是的，我发现你们确实还有其他的乐趣，你们用兴奋剂、麻醉剂和阅读来逃避现实。

"你们可以从繁殖所需的行为中获得乐趣。你们享受速度和耐力方面的竞赛——作为参与者或观众都能享受。你们享受食物的味道。而对我们来说，吃东西只是一种恶心但又必需的罪恶。最可笑的是，你们即使不下注，也能享受技巧性游戏。"

你知道所有关于你自己和你享受什么东西的信息。但你还有机会再次享受其中的任何一种乐趣吗？"不，我们很抱歉，但你没机会了。"

抱歉，他们是真心的吗？也许，如果你能出其不意对他们下手的话……

但你没能这么做。突然间，你瘫痪了。你还没来得及真正尝试去袭击他们，就一动也不能动了。你无法在思考之前先采取行动。而反过来，先思考再行动的话就毫无用处了，因为他们能感知到你的思考。当你想到这一点的时候，就不再瘫痪了。

你又能动了，但你一生中从未感觉如此无助。要是你能举起一只手臂来挥动的话……

你发现自己能动了，然后你意识到现在为时已晚。那些外星人已经走了，你独自一人在这里等死，但是你可能有点神志不清了，你身处现在而非那时，那部分的事情已经结束了。一切都结束了，只剩下在这里等死，还有对自己不会死掉的希望，你的赌局生效了。当然，你也能赌。

你呼吸困难，腹中疼痛，又冷又饿又渴，因为他们留给你的物资几乎不够你生存所需，而且——正如他们想的那样，也许他们想的是对的——他们定下了一个对你极为不利的绝望赌局，一个时长39天的地狱，让你独自死去，连本可以读的书都没有。但你的头脑必须保持清醒，以备万一有奇迹出现，让你可以活下来。

突然间，你意识到有个办法可以让你知道现在过了多少天，还剩下多少天。当你头脑还清醒，可以做出决定的时候，你决定把食物平分成39份，水也平分成39份，每天吃一份食物，喝一份水。

前两天里这还是个好主意，但后来有一次你忘了给手表上发条，表停了，而你再给它上发条的时候，你又紧张，又生自己的气，而且已经处于你几乎无法忍受的巨大痛苦中，你把发条拧得太紧，表簧断了。

现在你没办法知道确切的时间了，你决定采用一种新的饮食系统：只有饿得忍不住的时候才吃东西，每次吃的食物和喝的水永远不超过一天分量的一半。

你想——应该说你希望——自己能坚持这样做，就算是在你神志不清，搞不清楚自己在哪里或者在做什么的时候也一样。这样一来，还剩下多少食物和多少水这件事至少也是个线索，可以让你知道大概过了多久。

你从床上爬下来——尽管你的力量足够支撑你步行，但这太浪费能量了——爬到放食物和水的地方。食物和水各剩下 20 份——说明时间快到一半了。而且剩下的食物和水的份数相同也是个好兆头。如果你在神志不清的时候随心所欲地吃喝，那你消耗的食物和水的份数就不大可能相等。

你看着食物和水，觉得自己还能再忍一会儿，于是又爬回小床。你尽可能静止不动地躺着。你还能再活 20 天吗？你必须再活 20 天。

领导者卡默伦的思维出现了一次突然的波动。那是个偶然事件——某种思维屏障消失了。就在他们让你知道了自己有多无助，然后解除了你的瘫痪状态之后，那次突然的波动发生了。

某种思维屏障消失了，你看到了领导者卡默伦表面以及内心深处的思维。持续了多久？也许一秒钟吧。然后博尔向卡默伦发送了一条思维警告，一个思维屏障突然出现，你又只能感知到卡默伦的表面思维了，现在他的表面思维是对自己刚才一时疏忽的愤怒和懊恼。

III

但一秒钟的时间已经足够了。撒恩人生活的星球是他们那颗类日恒星的唯一一颗行星，那颗恒星距离太阳系大约19光年，在太阳系几乎正北的方向——在靠近北极星的某处。那颗恒星的光度比我们人类的太阳略低。

根据掌握的这些情况，大概的距离、方向、亮度，只要做一点研究——轻而易举的一点点研究——我们就能知道人类该怎么称呼那颗恒星。那些外星人给自己的星球起名叫撒恩格尔。而撒恩人，也就是这些撒恩格尔星球的居民，正在寻找更多他们可以占领的行星。

他们找到了一些行星，但不多。我们的太阳系对他们来说是一个真正的大发现，因为这里有两颗适合他们居住的行星。火星大气中的氧含量比他们需要的少一点，地球的氧气多一点。但这两个问题都可以调整。这样的行星——大气中含有氧气的行星——极其少见。特别是还需要是类日恒星的行星，只有在类日恒星的光照条件下，他们才能生存。

所以他们准备返回自己的星球去汇报，然后撒恩人会派一支舰队来占领地球。但40年后舰队才能到达。他们能达到的最大飞行速度略低于光速，无法达到更高的速度。所以，他们回到自己的星球需要20年的时间，然后他们的舰队还要花20年的时间来到地球才能开始占领。

他们对自己只会使用思维武器这件事也没撒谎。他们的飞船没有武装，自己也没有手持武器。他们用思维来杀人。在一对一的战斗中，他们可以近距离杀死敌人。如果他们有一大群人，就能把思维集合成一个群体性的死亡思维，从而杀死距离很远的敌人。

你在卡默伦的思维里还看到了其他的事情。他们告诉你的一切都是真的，包括他们确实不能说谎，几乎无法理解"谎言"这个概念。赌博是他们唯一的乐趣、唯一的弱点、唯一的激情所在。他们仅有的荣誉准则就是遵守赌博规则，除此之外的事，他们都像机器一样没人情味。

你甚至发现了一些关于死亡思维如何运作的线索。你自己研究的话不足以破解。但是，唉，如果你有更多时间，有专家帮你一起研究的话就好了……

比如说，如果地球上所有的科学家、心理学家、精神病学家、解剖学家联合起来研究，人类就有可能在40年内发展出一门新科学。有了你给科学家的那些小线索和关于撒恩人的了解，人类一定能研究出防御和反击的措施——特别是防御措施，否则地球就会成为撒恩人的殖民地——地球上最优秀的那些人应该能在40年内研究出来。

"要是你能告诉他们的话，他们可能会成功。"卡默伦的思维出现在你脑中，"但你没有机会给他们那些线索，不会有机会告诉他们要防备什么样的武器，或者要在多长的期限之内完成。"

"如果他们发现我死在这里，他们就会知道发生了意外事件。"你想。

"当然，因为我们会带走你的书籍和设备用于研究，他们会知道有外星生命入侵了这里。但他们不会知道我们的计划、能力，我们来自哪里。他们不会开发出你所想的那种防御措施。"

"最好别再给他反抗的机会。"博尔对卡默伦想。

"对。看着我，鲍勃赛耶。"你看着他，他的眼睛突然变得诡异莫测，你的身体动弹不得，不过不是之前那种瘫痪的感觉。你突然意识到自己被催眠了。卡默伦想："你不能再以任何方式伤害我们的身体了。"

于是你就不能伤害他们了。就这么简单。你知道你不能，仅此而已。就算他们都躺在地板上睡觉，而你手里正拿着一把机关枪，你也无法扣动扳机，哪怕一下都不行。

卡默伦对博尔想："我已经催眠他了，他不可能再做任何伤害我们的事了。或许我们还能从他身上了解到更多有价值的东西。"

"我们现在要挑一下东西吗？等达尔和飞船回来时，我们要带走的那些东西。"

你猜达尔是这些外星人中的一员，他开着他们来到这里时乘坐的宇宙飞船去了别的什么地方，这也解释了为什么"救济"号着陆的时候没有看到他们的飞船。

你想知道达尔去了哪里，去干什么。可能是去观察人类勘探中的前往火星的火箭基地，而其他人则留在这里研究这个穹顶里的东西。大卫发给你一条不经意间的肯定思维，证实了你的猜测。

卡默伦对博尔想："不着急。他几个小时后才会回来，我们收拾东西也不会花太长时间。我们只带走所有的书和仪器，别的都不带。"

你的脑海深处有一条思维，你试图让它留在那里。你试着不去想它。它还不是一条完整的思维——它是一条思维的雏形，如果你挖掘它，可能会让它变成一条完整的思维，但你不敢去挖掘，因为他们会感知到你在挖掘这条思维，会在你把它变成一条完整的思维那一刻了解到这条思维的内容。你故意不去想这条思维。也许你的潜意识会在你甚至没有意识到思考过程的情况下，从这条思维中研究出一些东西。

这条思维和他们对赌博的热爱有关，他们仅有的荣誉感就是愿赌服输。快别再想了。他们都没有朝你的方向看——这条思维太模糊了，他们无法感知到。这条思维也没有涉及任何伤害他们的事——你知道你现在不能去伤害他们。

你坐了下来，觉得很无聊。你在思考自己觉得很无聊这件事，所以如果他们来感知你的思维，他们就会得知你觉得很无聊。而且你真的觉得很无聊，这就是你策略里最有趣的部分。你正在等着他们杀了你，但还得等几个小时，而你对此无能为力——甚至连从正面角度思考这件事也做不到。

你希望能做点什么事来打发这段时间。这些家伙喜欢赌博，不是吗？也许可以打扑克。让人快乐的老式扑克[30]。不知道他们是否擅长打扑克？

但是你该怎么和这些能阅读你思维的人一起玩扑克呢？

"什么是扑克？"一个思维突然问你。

你回答的方式很简单，就是在脑子里想了一遍扑克的规则、各种手牌的大小、牌局的刺激感受，还有虚张声势的快感。然后你遗憾地想，因为他们有心灵感应能力，他们没办法玩这个游戏。

"卡默伦，按他的思维看来，"博尔想，"这个游戏似乎极为令人着迷。我们试着玩一下吧？一款新的赌博游戏会是一件极为适合带回撒恩格尔的纪念品——如果这个游戏受欢迎的话，简直会跟我们找到了两颗适合居住的行星这个好消息一样棒。我们可以建立二级思维屏障，这样就不会发送或感知别人的思维了。"

卡默伦想："在这个地球人面前这样做是有风险的。"

"我们已经了解他的能力了——没什么能力。你已经给他加了思维禁锢，让他不能伤害我们。要是他有任何异常举动的话，我们也可以立即降低思维屏障等级。"

卡默伦盯着你。你试着不要思考，但你又没法完全不思

---

30 | 我们通常所说的娱乐用品"扑克牌"英文为"Playing Cards（游戏纸牌）"，而对应"扑克"这一音译的英文单词"Poker"则是指一类使用扑克牌进行的游戏。本文中所提的游戏具体规则不详，有点类似美国日常轻松赌局中流行的"抽五张"（Five-card draw），但有些细节又有所不同。

考，所以你集中注意力，想着在这里的一个储物柜里有一盒娱乐用品，里面有扑克牌和筹码。这里会有扑克牌，是因为这个穹顶里偶尔也会有2个人甚至3个人，如果他们参与的研究项目时间非常短的话。

"那赌注呢？"卡默伦想知道，"我们之间可以使用撒恩货币。如果有你们的钱——哦，你身上没有带钱，我知道了，因为你觉得你在这里完全用不到货币——不管怎么说，你的钱对我们完全没用，我们的钱对你来说也一样。"

你笑了。"无论如何，你们都会拿走我的书和仪器。如果你们够聪明的话，为什么不用赌局赢得它们呢？"你在脑子里想着这种说法的前提，也就是他们可能太愚蠢而打不好扑克，而如果他们打扑克的话，他们可能会作弊。你感受到愤怒如波浪般涌来，内容无法翻译成人类语言，因为它们不需要翻译——愤怒的情绪在任何语言中都是一样的。也许你挑衅得过头了。

"把扑克牌拿出来。"卡默伦说。你意识到他是用英语大声说出来的。你在脑子里问了个问题，然后意识到你和他们交流时一直在用思维问所有的问题，但这个问题他们没有回答。

你开口问道："你能说英语？"

"别傻了，鲍勃赛耶。我们当然能说英语，研究你的思维之后就学会了。而且我们当然能说话——这只是一种很不方便的交流方式，我们只有在像现在这样的特殊情况下才会使用。我们的思维屏障已经生效了，现在我们无法阅读你的思维，你也无法阅读我们的思维。"

牌桌摆好了。博尔正在数筹码。卡默伦让他给你发价值1000个单位的筹码，算是书籍和仪器的价钱。你心里想知道他们的一个单位是多少钱，想知道他们有没有骗你，但再没有人回答你没问出口的问题了。

也许他们不是在开玩笑，也许思维屏障真的已经建立起来了，而且在牌局过程中会一直生效。仔细想想的话，他们很可能会这么做。否则扑克就没那么好玩了。同样，你不让自己过多思考任何重要的事，比如你下意识地想要打这场扑克的原因。就算他们打算在牌局实际进行时，真的用筹码下注的时候保持使用思维屏障，现在他们也可能是在试探你。

你们开始打扑克。你先发牌，向他们示范如何发牌。抽牌，J最大。第一轮没人拿到好牌，下一轮由博尔发牌。你必须回答他问出的几个问题，以口头形式大声解释一些小细节。博尔发牌的动作很笨拙，你不明白一个如此好赌的种族怎么会一直没有发明扑克牌。

没有人向你解释这个问题。博尔发牌，你得到一对Q。你开始下注。博尔和卡默伦跟注。你没能拿到第三张Q，但加注20个单位。卡默伦已经抓了第3张牌，博尔放弃手牌后，卡默伦跟注。他原来有一对3，又拿到了第三张3，赢得了这一轮。

他们已经搞清楚规则了，你最好集中精力打好扑克。你专注于牌局。你必须专注，因为他们打得很好。一切迹象都表明他们是诚实的，没有作弊骗你。有一次，你没能凑成同花，却虚张声势地加注 50 个单位，虽然大卫亮牌后牌面比你大，但他们都没跟注。

有一次，你开局时拿到一对 K，然后又拿到一张 A，接下来在抽牌中得到一张 A 和一张 K，凑成了三张加一对。你下注 100 个单位，博尔跟注，他的牌是 6 到 10 的顺子。这一注几乎让博尔输光了。他又买了些筹码。他只能向你买，因为原本架子上备用的筹码都已经用上了。

他用来买筹码的货币是一些 2 英寸见方的东西，材料有点像玻璃纸，不过是不透明的，上面印着文字。这些文字与英文基本没有相似之处，所以你不知道这些钱是多大面额的。但你相信他的话——他用嘴说出的话。

你遭遇了连败。你输掉了所有筹码，只能用从博尔那里获得的货币，从卡默伦手里购买筹码——现在大部分筹码都到了卡默伦手里。你要小心谨慎地玩一段时间，才能了解他们打牌的风格——他们已经形成了自己的风格。他们沉迷扑克就像猫沉迷于猫薄荷一样。

博尔喜欢虚张声势——只要该他下注，他就总会在拿到一手烂牌的时候比手里有好牌的时候下更高的赌注。卡默伦每次拿到第 4 张或第 5 张手牌的时候，不管牌怎么样都会下重注——前两次他都这样赢了，所以他现在拥有大部分筹码。大卫很谨慎。

有一段时间你也很谨慎。然后你的牌运来了，你趁着运气好提高了赌注。你开始赢得越来越多的筹码，然后赢得越来越多的玻璃纸货币。达尔——之前开宇宙飞船离开的那个人——回来了。你们短暂地中场休息一会儿，同时降低了思维屏障的等级。向达尔解释扑克规则的时候，你很小心地除了牌局的兴奋感之外什么都不想。你是用心灵感应解释的，因为这样速度更快，这些家伙都急着要继续牌局。达尔买筹码入局了。

他上场后的第一局就赢了，你发现他嗜赌如命。没人在乎现在几点了，或者还有什么正事要干。

现在，一局的筹码高达1000个单位——这已经相当于你所有书和仪器对应的筹码数量了。但这并不重要，因为你手上的筹码有四五万个单位。达尔最先输光了，然后是博尔——输光之前他还向卡默伦借了很多钱，直到卡默伦也没法借给他更多的钱。卡默伦很有韧劲儿，大卫则一直在想办法坚持下去，留在场上。

但最终你做到了。你赢得了所有的钱，外加一艘撒恩人的宇宙飞船。牌局结束了。你赢了。

你真的赢了吗？卡默伦站起来，你看着他，想起——这是你几个小时以来第一次想起这件事——他是一个外星人。

"我们感谢你，鲍勃赛耶。"他对你想，现在他们已经撤掉了思维屏障。"必须杀死你，这件事我们也很遗憾，因为你给我们带来了一场最精彩的牌局。"

"那你们怎么离开呢？"你对他想，"宇宙飞船已经是我的了。"

"是的，直到你死为止。恐怕之后我们就会从你手里继承它。"

你忘了你并不需要把话说出口。"我以为你们都是讲信用的赌徒。"你大声对他说，对他们所有人说，"别的事暂且不论，我以为你们在赌博这事上是守规矩的。"

"我们讲信用，但是……"

博尔也忘了可以用思维沟通，大声说："他说得对，卡默伦。我们不能抢走飞船。他是公平赢到它的。我们不能……"

卡默伦说："我们必须这样做。与整个撒恩人种族的前进相比，个人的生命毫无意义。我们这样做会令自己蒙羞，但我们必须回去，必须报告这些可居住的行星的消息。然后我们就会自杀，这是失去赌徒荣誉的撒恩人该做的。"

你惊讶地看着他，他也看着你，然后突然有意降低了他的思维屏障。你发现他说的是实话。他们是赌徒，他们赌了、输了，他们会承受后果。他们回去报告之后真的会自杀，因为赌输之后赖账这种行为是耻辱。

这对你可真是太有"好处"了。等到他们回到他们星球的时候，你已经死了 20 年了。而且你还是没有机会通知地球，告诉他们人类 40 年后必须准备面对什么样的敌人。现在是个僵局，但这种情况仍然对你或者对地球都没有帮助。

IV

你绝望地思考，寻找出路。你赢了，他们输了。但你也输了——因为地球输了。你不在乎他们是不是在阅读你的思维。你绝望地寻找着答案，哪怕这个答案只能给你一丁点儿活下来并向地球示警的可能性也行。也许你可以跟他们做个交易。

"不。"卡默伦对你想，"确实，如果你把我们的船、钱、书和仪器还给我们，以换取你的生命——你原本一定会失去的生命——我们就可以保持着赌徒的荣誉而返回我们的星球。但那样的话你就会警告地球。就像你几个小时前想的那样，你们人类的科学家可能会开发出一种防御措施。因此，如果我们与你达成这种交易的话，哪怕是为了保住我们的个人荣誉，我们也会成为我们种族的叛徒。"

你一个一个地看着他们，用眼睛看着他们，用思维看到了他们的一部分思维，你发现他们每个人都是认真的。他们同意他们领导者的话，他们是认真的。

达尔想："卡默伦，我们必须离开。这样做会使我们走向死亡，但我们必须离开。快点儿杀了他，然后去完成我们耻辱的死亡之旅吧。"

卡默伦转向你。

"等等，"你绝望地大声说，"我以为你们是讲信用的赌徒。如果你们愿赌服输的话，你们就应该给我一个机会，不管机会有多渺茫。你们应该把我留在这里，给我一个十分之一的生存机会。作为交换，我会自愿把你们的东西还给你们，也把我的书和设备给你们。这样你们就不用靠赖账得到这些东西，不会丧失你们的尊严了。这样你们回去汇报之后就不必自杀了。"

这是一个新点子。他们看着你。然后，他们一个接一个地用思维拒绝了。

"给我一个百分之一的机会！"你说。他们的思维没有任何变化。"只要一个千分之一的机会！我还以为你们是真正的赌徒呢！"

卡默伦想："你几乎成功诱惑了我们，但还是有个问题。如果我们把你留在这里，即使你没能活下来，你也可以给那些39天后要来接你的人留言示警。"

你原本打的就是这个主意，但他们已经阅读了你的思维。该死的有读心术的东西！不过有机会总比没有好。你说："把所有书写工具都拿走。"

博尔对卡默伦想："我们有更好的法子。对他的书写能力施加思维禁锢。卡默伦，保住我们荣誉的机会微乎其微。正如他所说，我们是真正的赌徒。我们就不能跟他赌一把大的吗？"

卡默伦看了看大卫，又看了看达尔。他转向你，抬起了手。

你失去了知觉。

突然之间，你完全醒了。灯光昏暗。穹顶的内部看起来不大一样了。你环顾四周，发现原来放着的大多数东西都被拿走了。房间里只有一个撒恩人和你在一起，是卡默伦。你发现自己躺在床上，你坐起来，看着他。

他对你想："我们给你一个千分之一的生存机会，鲍勃赛耶。我们已经仔细计算过，一切都布置好了。我会解释这个赌局的条件和概率。"

"接着说。"你说。

"我们给你留下了一些食物和水，勉强够你维持生存。确实只是勉强够用。但如果你妥善分配的话，就不会因饥饿或缺水而死。我们非常认真地研究了你的新陈代谢。我们精确地了解你的忍受极限。像博尔建议的那样，我们还在思维上对你的书写能力进行了禁锢，让你没法留言。当然，这一点和你千分之一的生存机会无关。"

"这个赌局的陷阱在哪里？如果你给我留下足够生存的食物和水，我的生存机会取决于什么？氧气吗？"

"是的。我们把你的氧气供应系统拆掉了，只留下一套我们的。我们的氧气系统要简单得多。看到桌子上那13个塑料容器了吗？每个容器里都装着液态的氧气，可以供你使用。含量经过精确计算——如果你极度谨慎，不做任何形式的运动的话，每个容器里的氧气可供你使用3天。

"氧气存在于一种液态黏合剂中，这种黏合剂可以使氧气保持液态，并以精确的恒定速度蒸发出来。液态黏合剂还会吸收呼吸生成的废气。你需要每3天打开一个容器，或者在当你发现自己喘不过气来的时候打开一个容器——超过3天后，几分钟之内你就会有这种感觉。"

但陷阱在哪里呢？你很想知道。一共13个容器，如果小心使用，每个容器能供应3天氧气，加起来就是39天。

你不必开口问。卡默伦想："其中一个容器里下了毒。是一种没有气味、你检测不出来的气体，它会和容器里的氧气一起蒸发。它的毒性足以杀死10个和你体重、抵抗力和整体新陈代谢水平相当的人。除非使用特殊的设备和超越你知识范围的化学知识，否则你没有办法分辨毒气装在哪个容器里。你打开那个下了毒的容器那天，你就会死。"

"好吧，"你说，"但是如果我必须用尽这13个容器里的氧气才能活下来，那我生存的机会在哪里呢？"

"有一个很小的可能性是——我们非常缜密地计算过了——你可以靠12个容器里的氧气生存下来。如果你能做到这一点，并且选择了正确的12个容器——你有十三分之一的可能性选对——你就会活下来。这两个概率相乘的结果就是你有千分之一的生存机会。我们现在要离开了。我的同伴在飞船上等着我。"

他没有向你告别，你也没向他告别。你看着压差隔离舱内侧的门关闭了。

你走过去，看着那13个氧气容器，它们看起来都一样。现在空气已经非常稀薄了，你感到呼吸困难。你很快就要被迫打开其中一个容器了。会不会是错误的那个？装了足以杀死10个人的毒气的那个？

如果第一个容器你就选错了，一切就这么结束，也许会更好。这种毒气没有气味，无法察觉，也许也不会带来痛苦。你真希望自己在他走之前问了这个问题，他会回答的。可能它真的是无痛的，又或者这只是你一厢情愿的想法？

你环顾四周。除了那 13 个容器、食物和水，他们没有留下任何有价值的东西。对这么长的一段时间来说，食物和水看起来并不多。但如果你妥善分配的话，这些可能勉强够了。他们可能是担心，如果给你留了多余的水，你可能会想出什么办法来获取水中的氧。他们想错了，你没办法，但他们不会给你留任何机会——除了赌局中千分之一的生存机会。

你气喘吁吁，像哮喘病患者一样呼吸着。你伸出手，想拿一个容器打开。如果你这样做的话，有十三分之一的概率在几小时，也许是几分钟之内死掉。他们也没告诉你这种毒气生效有多快。

你把手收了回来。在你有机会深思熟虑之前，你不想冒十三分之一的死亡风险，哪怕只冒一次也不想。你回到床上，躺着思考，因为你还记得自己的每一次肌肉运动都会增加耗氧量而降低生存机会。

他们会忘记什么对你有用的东西吗？什么都行……宇航服背后有氧气罐。你猛地坐起来，发现宇航服不见了。压差隔离舱也没什么用——你拉动开关时进入隔离舱的空气就来自这个房间。而隔离舱上次使用是他们离开时，所以隔离舱内部现在也没有空气。

水培菜园空了。储藏室里预防植物供氧出问题的应急氧气罐也没了。你意识到你站起来了，你在踱步，于是你坐下了。你走的每一步都会降低你的生存机会。

千分之一的生存机会——那么如果你选对了 12 个无毒容器的话——你用心算算出来——你活下去的机会就是七十七

分之一。他们一定也是这么计算的。七十七分之一乘以十三分之一约等于千分之一。

但是如果你能用上全部13个容器里的氧气的话，你活下去的机会就会很大，甚至超过一半。你不太确定，因为总有可能会出问题，比如你可能会失去妥善分配食物——更有可能是水——的意志力，提前把它们消耗尽，在最后一两天死于饥饿或口渴。

你想寻找可以用来写字的东西，看看他们在催眠你并设置思维禁锢时有没有什么疏忽。你什么都没找到，但你发现这没关系，你还有手指，不是吗？你尝试用手指在墙上写出自己的名字。你写不出来。你清楚地知道自己的名字是鲍勃·赛耶。但你现在完全不知道该如何写它。

如果你有录音机，你就能把消息录下来，留给来接你的人了。但你没有录音机，也没有任何可用的原料，哪怕有再丰富的想象力，你也造不出录音机。你能依赖的只有你的脑子。你坐下来用脑思考。

你忘了给手表上发条，然后因为痛苦而失控，你把发条上得太紧，结果表的弹簧断了或者是卡住了然后你没法确定时间了然后到了这个时候你发现一半的补给品已经没了所以你希望现在39天的一半也已经过去了。[31]

然后你又一次感到恶心感到神志不清有些时候你以为自

---

31 | 此段及接下来的三段中作者使用了意识流写作手法，以这种不加标点的长句表现主角昏昏沉沉的状态。

己已经回到了地球只是刚刚做了一场噩梦关于一些来自一个叫撒恩格尔的地方的外星生物而且你在那个噩梦里梦见自己在月亮上面打扑克还赢了。

疼，渴，饿，喘不过气，做噩梦。然后有一天你吃光了最后的食物喝光了最后的水而你不知道这是第 31 天还是第 39 天然后你又躺下了等待答案揭晓。

然后你睡着了在梦中听到大地振动的声音这可能是"救济"号着陆的声音只不过你知道自己这是在做梦而且梦里空气越来越稀薄因为空气从穹顶流动到了压差隔离舱里然后隔离舱内侧的门打开了索克尔森船长站到了你身边然后你有气无力地说"嗨，船长"这让你醒了过来并意识到自己并没有真的睡着然后你昏了过去。

等你再醒过来的时候，穹顶里已经有了适合人类呼吸的空气，有食物等着你吃，有水等着你喝。"救济"号上的 4 个人都站在你周围，担心地看着你。

索克尔森低头对你微笑："你这段时间做了什么？这里的那些书和仪器都哪儿去了？发生了什么事？"

"我打了一场扑克。"你告诉他。你的嗓子很干，现在还很难说话，但你小心地喝了点水，一小口一小口地抿着。

然后你开始讲故事，一次讲一点，同时你小口喝了更多的水，又吃了点东西，你开始感觉自己几乎已经恢复正常了。

从他们听你说话和看着你的样子来看，你知道他们相信你——即使没有周围这些证据，他们也会相信你。地球上的所有人都会相信你，一切都会顺利的。整个地球齐心协力的话，即使是要发展出一门新科学，40 年的时间也够用了。而且你还记着那些线索，可以让他们有个好的开始，这是你从赌局中得到的回报。毕竟是你赢了那场扑克牌局。

过了一会儿，你太累了，只能停止说话。索克尔森疑惑地看着你。他说："但是，我的天啊，你是怎么做到的？所有的氧气容器——如果那些东西是氧气容器的话——都是空的。你说其中一个里面有足以杀死 10 个人的毒气。你现在看起来感觉体重减轻了 30 磅，感觉你还需要休息一个月才能再走路，但你还活着。是他们算错了吗，还是别的什么情况？"

你的眼睛已经睁不开了，你必须睡觉了。但或许你还能撑一阵，给他解释一下。

"很简单，船长，"你告诉他，"每个容器里的氧气够一个人消耗 3 天，其中有一个容器里有毒，能杀死 10 个人。但是一共有 13 个容器，所以我把所有容器都打开，把里面的液体混到一起，然后再把它们灌回容器里，大约每 3 天打开一个容器。所以从打开第一个容器开始的每一分钟，空气中都有毒气，含量是能杀死一个人的量的十三分之十。39 天以来，我一直在呼吸几乎能杀死我的毒气。

"当然，毒气的效果可能是累积性的，那样的话，无论如何它都能杀死我。但另一种可能是，我可能适应毒气，对它免疫。结果似乎这两种情况都不是，我只是因为毒气而感到痛苦，痛苦的程度从开始到最后都没变。但这要比他们原本为我准备的千分之一的生存机会要好得多，所以我试了这个混合所有氧气液体的办法。它成功了。"

你隐隐约约地意识到索克尔森船长在说什么，但你听不清他说的话，你也不在乎，因为你几乎已经睡着了。这种美妙的睡眠，只有当你呼吸着真正的空气——氧气充足、没有毒性的空气时，你才能拥有。你准备在沉睡中度过整个回到地球的航程，以后再也不离开地球了。

服 从

这是一颗遥远而暗淡的恒星，在地球上看不见。它位于银河系距离地球较远的边缘，与地球的距离是人类目前探索太空最远距离的 5 倍。在这颗恒星的一颗小小的行星上，有一尊巨大的地球人的雕像。它由贵金属制成，足有 10 英寸高，工艺极为精美。

小虫在这座雕像上爬行……

他们正在 1534 扇区进行例行巡逻，这个扇区位于天狼星方向更远的地方，离太阳系有好几个秒差距[32]。这艘飞船是常见的双人侦察船，用于所有星系的巡逻工作。警报响起时，梅上尉和罗斯中尉正在下棋。

梅上尉说："唐，把它关掉，我想想这步棋。"他没有从棋盘上抬起头来，他知道那不可能是别的，只会是一颗碰巧飞过的流星。这个扇区不会有任何别的飞船。人类已经进

32 1 秒差距为天文单位，一秒差距约合 3.26 光年。天狼星距离地球约 8.6 光年，2.64 秒差距。

入太空，探索了1000秒差距的领域，还没有遇到过任何智慧足以与人类交流的外星生命形式，更别说建造太空飞船了。

罗斯也没站起来，但他在椅子上转过身去，面向仪表板和电子屏幕。他漫不经心地抬头一看，猛吸了一口气。屏幕上有一艘飞船。他努力恢复呼吸，喊道："上尉！"棋盘落到了地板上，梅上尉站到他身后看屏幕。他能听到梅加重的呼吸声，然后梅说：

"开火，唐！"

"但那是一艘罗切斯特级巡航飞船！一艘我们的飞船。我不知道它怎么会在这里，但我们不能……"

"再看看。"

唐·罗斯没法"再看看"，因为他一直都在看，但他突然明白了梅的意思。那东西几乎算是一艘罗切斯特飞船，但又不完全是。它有一些地方不对劲。只有一些地方吗？整个都不对劲。它是外星人仿造罗切斯特飞船做出来的东西。他几乎还没完全意识到这件事对他造成的冲击，双手就已经在争先恐后地去按开火按钮了。

手指放在开火按钮上，看着皮卡尔测距器和莫诺尔德仪[33]的刻度盘。示数都是零。

他骂了一句脏话，说："那东西在干扰我们，上尉。我们没法确定它有多远，也不知道它的大小和重量！"

梅上尉缓缓地点头，脸色发白。

唐·罗斯的脑海里，有一个思维说："冷静点，人类朋友。

---

33 | 皮卡尔测距器（Picar ranger）和莫诺尔德仪（Monold）是作者虚构的仪器。

我们不是敌人。"

罗斯转身盯着梅。梅说："是的，我也听到了。是心灵感应。"

罗斯又骂了一句。如果他们有心灵感应的话……

"开火，唐。靠视觉判断。"

罗斯按下了按钮。屏幕上充满了一个巨大的能量耀斑，但能量耀斑消退后，却没有出现飞船的残骸……

萨瑟兰上将背对着墙上的星图，浓眉下的目光愠怒地审视着他们。他说："梅，我不想再听一遍你们正式报告里的内容。你俩都接受了心理记录仪的检查，我们已经从你俩的思维中提取了这次与外星人接触的所有内容。逻辑学家已经分析了这些内容。你们来这里是因为纪律问题。梅上尉，你知道不服从会受到什么惩罚。"

梅僵硬地说："是，长官。"

"惩罚是什么？"

"死刑，长官。"

"那你违抗了什么命令？"

"第 13-90 号通用命令，第 12 条，4A 级优先权。任何地球飞船，无论是军用还是民用，一旦遇到任何外星飞船，都必须立即摧毁对方。如果未能摧毁对方，地球飞船必须向外太空加速离开，其方向不得与地球方向完全相反，飞船应继续航行，直到燃料耗尽为止。"

"那么，这条命令的目的是什么，上尉？我只是想看看你是否知道。当然，你是否理解某一条规矩的目的这件事并不重要，甚至完全无关紧要。"

"我知道，长官。此命令的目的是令外星飞船不可能跟随遇到他们的地球飞船返回太阳系并得知地球的位置。"

"然而你违反了这条规矩，上尉。你没有确定已经消灭了外星人就返航了。你有什么要为自己辩解的吗？"

"我们认为没有此必要，长官。那艘外星飞船似乎并没有敌意。另外，长官，他们一定已经知道我们的位置了，他们称我们为'人类'。"

"什么蠢话！心灵感应的信息确实是外星人用心灵传播出来的，也是被你们的心灵接收到的。你们的心灵会自动把这个信息翻译成你们自己能理解的术语。外星人不一定知道你们来自哪里，也不一定知道你们是人类。"

罗斯中尉无话可说，但他问道："那么，长官，我们不相信他们是友好的吗？"

上将哼了一声。"中尉，你是在哪儿接受的军事训练？你似乎没学到我们防御方案最基本的前提，同时也是我们四百年来一直在太空巡逻，寻找外星生命的原因。任何外星人都是人类之敌。就算一个外星人今天是友好的，我们怎么知道他明年或一个世纪后仍会是友好的？潜在的敌人也是敌人。敌人被摧毁得越快，地球就会越安全。

"看看世界军事史！就算世界军事史没法证明别的，至少它证明了这一点。看看罗马帝国！为了安全起见，罗马帝国不能允许强大的邻居存在。看看亚历山大大帝！看看拿破仑！”

“长官，”梅上尉问，“我是不是已经被判死刑了？”

“是的。”

“那我也说说我的想法吧，罗马帝国现在哪儿去了？亚历山大的帝国还在吗？拿破仑的帝国呢？霸王龙呢？”

“谁？”

“人类之前的地球统治者，最强大的恐龙。这个学名的意思是‘暴君蜥蜴之王’[34]。霸王龙也认为所有其他生物都是它的敌人。那么，霸王龙现在在哪里？”

“你要说的只有这些吗，上尉？”

“是的，长官。”

“那我就当没听见了。都是些逻辑谬误、感情用事的想法。你没有被判死刑，上尉。我这么说只是想知道你会说什么，你会犯多大的错。你不是因为这些人道主义的废话而被轻判的……真正能让你逃过一死的条件已经找到了。”

“我可以问问是什么吗，长官？”

“外星人被消灭了。我们的技术人员和逻辑学家通过研究确定了这一点。你的皮卡尔测距器和莫诺尔德仪功能都正常。它们没有显示任何数字，只是因为那艘外星飞船太小了。那两台设备只能检测到重量在 5 磅以上的小行星。而外星飞船更小。”

“比那还小？”

---

34 霸王龙的学名是 Tyrannosaurus rex，其中 “Tyranno”“saurus” 和 “rex” 分别意为 “暴君”“蜥蜴” 和 “君王”。

"没错。你想象外星生命时是根据你自己的体型大小来考虑的。但并没有理由认为外星生命就应该这么大。外星生命甚至可能是亚微观的，小到人类的眼睛看不见。那艘外星飞船一定是故意等到跟你的距离只有几英尺的时候才跟你联系的。而你的火力，在这个距离下，彻底摧毁了它。所以你才没有看到外星飞船的残骸，没有找到你们消灭了外星人的证据。"

上将笑了。"罗斯中尉，恭喜你，炮术不错。当然，接下来，用视觉瞄准将不再必要。所有级别的舰艇上的探测器和瞄准器都要马上开始调整，它们将有能力探测和瞄准尺寸更微小的物体。"

罗斯说："谢谢您，长官。但是我们看到的这艘外星飞船，不管它是大是小，都是我们罗切斯特级飞船的仿制品。您不觉得这个事实证明外星人对我们的了解比我们对他们的了解更多，而且有可能已经知道了地球所在的位置吗？而且——就算他们有敌意的话——他们的飞船那么小，应该不会把我们轰炸出太阳系吧？"

"有可能。这两件事要么都是真的，要么都不是。显然，除了心灵感应能力之外，他们在科技方面比我们落后很多——要不然他们就不会模仿我们太空飞船的设计。而且他们一定是阅读了一些我们的工程师的思维，才能模仿我们的飞船设计。然而，但愿如此，他们应该还不知道太阳系的位置。空间坐标极难翻译，'太阳'这个名字对他们来说毫无意义。就算是他们从你们的思维中知道了对太阳的近似描述，这个描述也同样适合数以千计的其他恒星。不管怎样，我们必须在他们发现我们的位置之前先找到并消灭他们。现在，太空中的每一艘飞船都收到了警报，去监视他们，并装配了用于探测小物体的特殊仪器。目前我们处于战争状态。或许这么说是多余的，面对外星人，我们永远都处于战争状态。"

"是的，长官。"

"就这样吧，先生们。你们可以走了。"

外面的走廊里有两个武装警卫在等着。他们分别从左右走上来，把梅上尉夹在中间。

梅马上说："什么都别说，唐。我预料到了会有这事。别忘了我可违反了一项重要的命令，也别忘了上将只是说我没被判死刑，没说到底会怎么惩罚。你千万别卷进来。"

唐·罗斯紧握双手，咬着牙，眼睁睁地看着警卫带走了他的朋友。他知道梅说得对，他对现状无能为力，任何反抗都只会让他陷入比梅更严重的麻烦，也会让梅的处境变得更糟。

他几乎是浑然不觉地走出了军部大楼。他离开后很快就喝醉了，但醉酒也并没有帮助。

按照惯例，在下次去执行太空任务之前，他有两周的假期，他知道自己最好在这段时间里调整一下精神状态。他去看了精神科医生，通过谈话治疗让自己摆脱了大部分的痛苦和背叛感。

他复习军事教材，沉浸在毫无质疑地严格服从军事权威的必要性、对外星生命保持警惕的必要性，以及一旦发现外星生命就当场消灭的必要性中。

他赢了。他让自己相信，不管这件事有什么实际原因，他的那种想法，即梅上尉违反了一条命令后还可以被完全赦免，纯属无稽之谈。他甚至为自己默许了这种不服从的行为而感到恐慌。当然，从技术上说，他是无可指责的。梅是这艘飞船的负责人，返回地球，而不是飞入太空——然后死去——的决定也是梅做的。作为下属，罗斯不需要承担责任。但现在，作为一个人，罗斯感到良心不安，因为他没有试图劝阻梅的不服从行为。

如果没有服从性，太空军团会变成什么样子？

他现在感觉自己犯下了失职行为，该怎样才能弥补自己的过失呢？在这段时间里，他如饥似渴地观看电视新闻广播，并得知在太空中的其他扇区，又有四艘那种外星小飞船被摧毁。随着探测仪器的改进，这四艘外星飞船都在发现时就被摧毁了，在他第一次接触之后没有任何新的交流。

在假期的第十天，他自愿终止了休假。他返回军部大楼，要求见萨瑟兰上将。当然，他预料到了军部的人会嘲笑他。好在他们还是答应他把一条简短的口信转达给上将。内容很简单："我有一个计划，也许能让我们找到外星人的星球，而不会给地球带来任何风险。"

这个消息传进去后，上将叫他进去了。

他在上将的办公桌前一丝不苟地立正，说："长官，那些外星人一直试图与我们沟通。但是他们没能做到这一点，因为我们总是没有等到建立完整的心灵感应思维通信，一见到他们的时候就把他们消灭了。如果我们允许他们与我们建立沟通，就有机会在交流中发现他们母星的位置，不管是因为他们意外泄露还是其他原因。"

萨瑟兰上将冷冷地说："不管他们会不会泄露自己的位置，他们都可能跟踪我们的飞船返回，发现我们的位置。"

"长官，我的计划考虑到了这一点。我建议把我派到发生初次接触的同一扇区，乘坐一艘单人飞船，不带武器。我这次行动的情况要大肆宣扬，让太空里的每个人都知道我又到了这个扇区，目的是在一艘非武装飞船上与外星人接触。我认为这样就会让外星人知道这一情况。他们肯定有办法从远距离读取人类的思维思想，但是只能在很短的距离内发送他们的思维——向地球人发送思维。"

"中尉，你是怎么推断出这一点的？没关系，这与我们的逻辑学家研究得出的结论一致。他们说，在我们发现那些外星人的存在之前，他们就以较小的规模复制了我们的飞船，证明了他们有能力窃取我们的科学知识——好吧，至少是适度距离内——阅读我们的思维。"

"是的，长官。我希望，如果整个舰队都知道我这次任务的信息的话，那些外星人也会知道。而且知道了我的飞船没有武器，他们就会与我联系。我会看看他们要对我、对我们人类说什么，他们的信息中可能会包含一些线索，让我们可以得知他们母星的位置。"

萨瑟兰上将说："如果我们得知其位置的话，那颗行星在我们的进攻下最多也就能撑一天。但是相反的情况呢，中尉？他们不是同样有可能跟踪你回到地球吗？”

"长官，这就是这个计划中我们地球不会有风险的保障。只有在我发现那些外星人已经知道地球位置的情况下，我才会返回地球。

"以他们的心灵感应能力来说，我相信他们已经知道地球的位置了，他们没有来攻击我们，只是因为他们没有敌意或太弱小了。但不管哪种情况，如果那些外星人知道了地球的位置，他们就不会在和我交谈时否认这一点。他们为什么要否认呢？对他们来说，知道地球的位置似乎是一个可以用来讨价还价的优势，他们会觉得我们要跟他们讨价还价。就算那些外星人还不知道地球的位置，他们也可能会声称他们已经知道了，但我会告诉他们我不相信他们的话，除非他们拿出证据来。”

萨瑟兰上将盯着他。他说："孩子，你确实想出了一个好计划。这次任务可能会让你付出生命的代价，但如果你活下来，如果你能回到地球，告诉我们那些外星人母星的位置，你会成为全人类的英雄。你最后可能会坐上我的位置。事实上，我很想剽窃你的想法，然后自己去执行这次任务。"

"长官，你对人类太重要了，而我是可以牺牲的。另外，长官，我也必须这么做。我并不是想要什么英雄的荣誉。我良心上有愧疚，我想要弥补。我当时应该试图阻止梅上尉，不要让他违背命令。我现在不应该还活着。我们应该加速飞向太空，因为我们并不确定自己是否已经消灭了外星人。"

海军上将清了清喉咙。"孩子，你不需要对此负责任。在当时那种情况下，只有船长才需要负责。但我明白你的意思。你感觉自己在精神上违背了命令，因为你当时同意了梅上尉违背命令的行为。好吧，这事已经过去了，你的提议弥补了这件事，不管是否由你本人驾驶联络船执行这次任务。"

"那么，我可以去执行这次任务吗，长官？"

"可以，中尉。不，现在你已经被提拔为上尉了。"

"谢谢，长官。"

"3天之内将为你准备好一艘飞船。我们可以用更快的时间准备好飞船，但需要一定时间才能让这个'谈判'的消息传遍整个舰队。但你要明白，不管有任何情况，你都不能主动偏离你以上所述的限制条件。"

"是，长官。除非外星人已经知道地球的位置，并完全证明了他们确实知道，否则我不会返回地球。我将全速飞向外太空。我向你保证，长官。"

"很好，罗斯上尉。"

单人太空飞船悬停在1534扇区中心附近，比天狼星的位置更远。该区域没有其他飞船巡逻。

唐·罗斯上尉静静地坐着等待。他注视着飞船的观察镜，等待一个声音在他脑中响起。

等了不到3个小时，那个声音出现了。"你好，唐罗斯[35]。"那个声音说，与此同时，他的观察镜前方出现了5

---

35 | 主角的名字是唐·罗斯（Don Ross），外星人不了解地球人的姓名，称他为唐罗斯（Donross）。

艘微型太空飞船。他的莫诺尔德仪显示，每艘飞船的重量还不到一盎司 [36]。

他说："我需要大声说话吗，还是只要思考就可以？"

"都可以。如果你想专注地讨论某个特定想法的话，你可以说话，但我们先用思维交流一会儿吧。"

半分钟后，罗斯觉得他听到了自己脑海里传来一声悠长的叹息。然后外星人说："对不起。恐怕这次交流对我们双方都没有任何好处。你看，唐罗斯，我们并不知道你母星的位置。或许我们本可以了解到它的位置，但我们对此不感兴趣。我们并没有敌意，而且从我们对地球人思维的了解看来，我们也不敢对地球人友善。所以，如果你服从命令的话，你永远无法返回地球去报告了。"

唐·罗斯闭了一会儿眼睛。看来，这就是结局了。再说什么都没有用了。他向萨瑟兰上将承诺过，他会一丝不苟地服从命令。

"没错，"那个声音说，"我们都注定要失败了，唐罗斯，我们再对你说什么也不重要了。我们无法穿过你们地球人飞船的警戒线，我们尝试的过程中已经损失了我们整个种族的一半。"

"一半？！你是说……"

"是的。我们整个种族只有 1000 人。我们建造了 10 艘飞船，每艘飞船载 100 人。其中 5 艘飞船已经被地球人摧毁

---

36 | 原文采用英制度量衡，盎司作为重量单位又分常衡盎司和药衡盎司，这里为常衡盎司，

一盎司约合 28.35 克。药衡盎司一盎司约合 31.10 克。

了，只剩下 5 艘，在你眼前，这就是我们整个种族剩下的人了。你有兴趣了解一些我们的情况吗？虽然你接下来就要去死了。"

他点点头，忘了他们看不到他，但他脑子里的肯定答案一定被他们感应到了。

"我们是一个古老的种族，比你们地球人古老得多。我们的家园是——或者现在该说曾经是了——天狼星的那颗较暗的伴星的一颗很小的行星，直径只有 100 英里。你们的飞船还没有发现它，但这只是时间问题。我们拥有高级智慧的历史已经很久很久了，但我们从未开发太空旅行技术。我们没有需求，也没有这方面的欲望。

"以你们的时间计算，20 年前，一艘地球飞船在我们星球附近飞过，我们捕捉到了船上那些地球人的思维。从地球人的思维中，我们发现，我们唯一安全的选择，唯一生存的机会，就是马上飞向银河系最远的边缘。我们明白，即使我们留在自己的星球上，也迟早会被地球人发现，而且我们一旦被发现就会被无情地消灭。"

"你们没想过反击吗？"

"不。不管我们想或不想反击，我们都不可能这么做。我们不可能去杀戮。哪怕杀死一个地球人，甚至一只低等生物，就能确保我们种族生存下去，我们还是无法去杀戮。

"你无法理解这个。等等——我发现你能理解。你和其他地球人不一样，唐罗斯。但接着说我们的事。我们从那艘飞船的船员的思维中获取了太空旅行技术的细节，并把它们应用在微小的规模上，建造了我们的飞船。

"我们造了 10 艘飞船，足够运载我们整个种族。但我们发现无法穿过你们巡逻飞船的警戒线。我们有 5 艘飞船尝试过，但它们全部都被摧毁了。"

唐·罗斯忧郁地说："其中有五分之一是我干的：我摧毁了一艘你们的飞船。"

"你只是在服从命令。不要责怪你自己。服从性根植于你们地球人的内心，几乎和我们对杀戮的憎恨一样根深蒂固。第一次接触，也就是和你那艘飞船的接触是故意的，我们得确定你们真的会一看到我们就摧毁我们。

"但从那时起，我们的另外 4 艘飞船逐一尝试通过你们的警戒线，结果全都被摧毁了。当我们得知你们要用一艘非武装飞船来和我们沟通时，我们剩下的飞船都来到了这里。

"但即使你违抗命令，返回地球，不管你们的地球在哪里，回去报告我们刚才告诉你的这些事，地球人也不会发布命令让我们通过警戒线的。像你这样的地球人太少了，至少现在还很少。可能到了未来，当地球人到达银河系的遥远边缘时，会有更多像你这样的地球人。但现在，哪怕我们的 5 艘飞船中能有一艘穿过警戒线的机会也很小。

"再见，唐罗斯。你思维中这种奇怪的情绪，还有你肌肉的抽搐是什么？我没理解。但等等——你认为自己发现了一些逻辑漏洞。但是你的想法太错综复杂了。你在想什么？"

唐·罗斯终于停下了大笑。"听我说，拒绝杀戮的外星朋友们，"他说，"我会让你们摆脱困境。我会确保你们越过我们的警戒线，到达你们要去的安全地带。但有趣之处是我做到这一点的方式。我会服从命令，独自赴死。我要飞向外太空并死在那里。而你们所有人可以一起去那里生活。搭我的便车去。如果你们的小飞船附着在我这艘飞船上，它们就不会被巡逻飞船的探测器发现。不只如此，这艘飞船的引力还能带着你们前进，在你们完全穿过警戒线，并超出飞船探测器的有效范围前，你们不用浪费燃料。在我的燃料耗尽之前，我们可以航行至少 10 万个秒差距。"

唐·罗斯脑子里的声音沉默了很长一段时间，才淡淡地、轻轻地说："谢谢。"

他一直等到那 5 艘飞船从他的观察镜中消失，等到自己听到那 5 艘飞船接触他飞船船体的轻微声音，然后他又笑了起来。他服从命令，向外太空和他的死亡加速飞去。

这是一颗遥远而暗淡的恒星，在地球上观测不到。它位于银河系距离地球较远的边缘，与地球的距离是人类目前探索太空最远距离的 5 倍。在这颗恒星的一颗小小的行星上，有一尊地球人的雕像。它是一件了不起的东西，足有 10 英寸高，工艺极为精美。

小虫一样的外星人在这尊雕像上爬行，但他们有权这样做。他们制作了这座雕像，而且尊崇它。这尊雕像由非常坚硬的金属制成。在一个没有空气的星球上，它会永远存在，或者说直到地球人找到它并把它炸毁。当然，除非到那时，地球人已经发生了巨大的变化，不再用暴力毁灭一切。

绿色之物

　　紫罗兰色的天空上，是一轮巨大的深红色太阳。棕色的平原上点缀着棕色的灌木丛，平原尽头是一片红色的丛林。

　　麦加里大步向丛林走去。在红色的丛林中找东西是一项艰苦而危险的工作，但总得去干。他已经查过了上千处丛林，现在只是要再加一处而已。

　　他说："开始吧，多萝西。都准备好了吗？"

　　那个有 5 条腿的小生物靠在他的肩膀上，没有回答，不过她也从来没有回答过。多萝西不会说话，但麦加里可以对她说话，把她当成伙伴。她的尺寸和重量给他的感觉出奇地像一只搭在他肩膀上的手。

　　他和多萝西同行多久了？可能是 4 年吧。据他尽可能准确的估计，他来这个星球大约 5 年了，来这里大约一年后遇到了她。不管怎么说，他认为多萝西是温柔的女性，因为她靠在他的肩膀上时动作温柔，像女性的手一样。

　　"多萝西，"他说，"我们得准备好对付麻烦事。林子里可能有狮子或者老虎。"

他解开太阳能手枪的枪套，手搭在枪柄上，准备随时快速拔枪射击。他至少第1000次感谢自己的幸运，因为他在自己的太空飞船残骸中捡回来的武器是这把太阳能手枪，这是唯一一种不需要补充弹药，却几乎可以永久使用的武器。太阳能手枪可以自行吸收阳光的能量，并在扣动扳机时把能量发射出去。如果不是太阳能手枪，不管使用什么武器，他都无法在克鲁格三号行星上坚持活过一年。

果然，他甚至还没走到红色丛林边上的时候，就看到了一头狮子。当然，这种动物与地球上的狮子完全不同。这头狮子是明亮的洋红色，蹲守在一片紫色灌木丛的后面，两者的色差刚好让他足以发现它。它有8条腿，这些腿都没有关节，像大象的鼻子一样柔软而强壮，还有一个长着鳞的头以及类似巨嘴鸟的喙。

麦加里给这种动物起名叫狮子。他有权利给它起名，就像他有权利给这里其他所有生物起名一样，因为这些生物从未被人类命名过。或者说，就算它们被命名过，那个命名的人也从未返回地球报告过克鲁格三号行星上的动植物种类。根据记录显示，在麦加里之前，只有一艘太空船在这个星球上降落过，而且它再没有起飞离开。他现在正在寻找这艘飞船。来到这个星球的5年里，他一直在有条不紊地寻找它。

如果他找到了那艘飞船，就可以使用里面的一些完好无损的电子零件——虽然可能性不大。他自己飞船上的这些零件在飞船迫降时坏掉了。如果那艘飞船里面有足够的零件，他就能修好飞船返回地球。

他走到离红色丛林边缘 10 步远的位置，停下来，用太阳能手枪瞄准了那片灌木丛，狮子就蹲在那片灌木丛后面。他扣动扳机，手枪发射出一道明亮的绿色闪光——一道短暂而美丽的绿光，真是太美丽了。而后，那片灌木丛不复存在，那头狮子也不复存在了。

麦加里轻声笑道："你看到了吗，多萝西，那绿色的光？绿色是这个该死的红色星球上完全没有的颜色。它是宇宙中最美丽的颜色，多萝西。绿色！我知道有一个星球，那里大部分地方都有绿色，我们会去那里，我们两个一起。我们一定会的。我就是从那个星球来的，那是全宇宙最美丽的地方，多萝西。你会喜欢那里的。"

他转身回头望去，棕色平原上点缀着棕色的灌木丛，头顶是紫罗兰色的天空和深红色的太阳。那是永远呈深红色的恒星克鲁格，克鲁格三号行星的太阳。就像月亮总是用同一个半球面对地球，这颗行星也总是用同一个半球面对太阳，因此对身在这一半球的人来说，太阳永不落下。

这里没有白天和黑夜之分，除非有人穿过阴影分界线，进入背向太阳、永远是夜晚的那半球。那里太冷了，生命无法存活。这颗行星上没有季节。气温永远不变，没有风，也没有雨。

他第 1000 次想，也许是第 100 万次想，如果克鲁格三号行星像地球一样是绿色的，如果除了他的太阳能手枪偶尔发射的闪光之外，这颗星球上面还有一点儿绿色的东西，那它就会是一个还挺适合居住的星球了。它的大气可供人类呼吸，温度适中，阴影分界线附近有 40 ℉ [37] 左右，红色太阳正下方的区域（那里的阳光笔直向下照射而没有倾斜角）有 90 ℉ 左右。食物非常多，而且他很早以前就搞清楚了哪些植物和动物是可以吃的，哪些吃了会不舒服。他尝过的所有食物都没有太强的毒性。

是啊，一个美妙的世界。如今，他甚至已经习惯了身为这颗星球上唯一具有高等智慧的生物。好吧，多萝西对他也很有帮助，他对她有话要说，哪怕她并不会回答。

只是——哦，天啊——他真的想再看到一个绿色的世界。

在已知的宇宙中，地球是唯一以绿色为主色调之一的行星，地球植物的生命以叶绿素为基础。

其他行星，甚至在那些距离地球最近的太阳系行星上，都几乎完全没有绿色，除了一些稀有的岩石中会有绿色调的矿脉，以及偶尔有些微生物的颜色——如果硬要说的话，可以算是棕绿色。不知为何，不管你长年生活在宇宙中哪个位置的哪颗行星上，只要它不是地球，那你都会一直看不到绿色。

麦加里叹了口气。他之前只是在脑子里想这些，但现在他大声对多萝西说出了他脑子里的想法，一直不停地说。多萝西不在乎。"真的，多萝西，"他说，"地球是全宇宙唯一值得居住的星球！绿色的原野，绿草如茵，绿树青青。多萝西，等我回到地球，我就再也不会离开了。我要给自己建

37｜原文使用华氏度，40 华氏度约为 4 摄氏度，90 华氏度约为 32 摄氏度。

造一个林中小屋，周围都是树，但树也不能太茂密，要给下面的草留出生长空间。绿绿的草。我要把小屋也涂成绿色，多萝西。我们绿色的地球上甚至还有绿色的涂料。"

他又叹了口气，看着前方的红色丛林。

"你问什么，多萝西？"她什么也没问，但这是一个假装她会跟他对话的游戏，一个让他保持精神正常的游戏。"我回地球后会结婚吗？你想问这个？"

他考虑了一下。"嗯，事情是这样的，多萝西。也许会，也许不会。你知道吗？你的名字多萝西，其实来自地球上的一个女人的名字。我之前想跟她结婚。但是 5 年的时间很长，多萝西。地球上收到的消息是我失踪了，而且可能已经死了。我怀疑她会不会等这么久。如果她还在等我，那我就跟她结婚，多萝西。

"你问我，如果她没有等我呢？好吧，我也不知道我该怎么办。在我回到地球之前，我们还不用担心这个，是吧？当然，如果我遇到一个绿色的女人，哪怕一个只有头发是绿色的女人，我都会疯狂地爱她。不过在地球上，几乎所有东西都是绿色的，唯独女人除外。"

他笑了笑，手放回枪柄上，继续向丛林里面走。丛林是红色的，没有一点儿绿色，除了他偶尔开枪时的闪光。

有趣的是，在地球时，太阳能手枪的闪光是紫罗兰色的。而在这颗星球红色的太阳之下，太阳能手枪开枪时会闪绿光。原因其实很简单。太阳能手枪会从最近的恒星汲取能量，开枪时的闪光颜色则是其能量来源的互补色。它从太阳（地球那颗黄色的太阳）汲取能量时，开枪时会有紫罗兰色的闪光。而在克鲁格这颗红色的太阳下，就会变成绿光。

他想，除了多萝西的陪伴之外，也许这是另一件能让他保持理智的事。一天会看到几次绿色闪光。一些绿色之物，让他能记得是什么绿色，让他的眼睛再见到绿色时保持适应，如果他真的还有机会再见到绿色的话。

他发现这片丛林很小，克鲁格三号行星上的丛林都是这种一小片一小片的，似乎有无数这样的小片丛林，也许真的有数百万片。克鲁格三号的体积比木星还大，但它的密度较小，因此重力不大，很容易承受。事实上，就算他用尽一生的时间也可能没法检查完这颗行星上所有的丛林。他知道这一点，但他不让自己去想这件事。就像他不让自己去想，他要找的飞船可能坠毁在了永远是寒冷黑夜的、他没法去搜索的那半球；就像他不让自己去想，就算他找到了那艘飞船，那艘飞船上也可能找不到他修好自己飞船所需的那些零件。

那片丛林不到一平方英里[38]，但他中间睡了一觉，吃了几顿饭才搜索完。他又杀了两头狮子和一头老虎。当他搜索完这片丛林之后，他绕着丛林外圈走，在丛林边缘每一棵比较大的树上削掉一块皮做记号，这样他就不会重复搜索了。树木质地很软，他用小刀把红色的树皮削下来，直到露出粉红色的内层树干，就像削土豆皮一样简单。

然后，他再次穿过暗棕色的平原，这一次他把太阳能手枪拿在手里，放在阳光下充能。

---

38 | 原文使用英制度量衡，一平方英里约合 2.6 平方千米。

"刚才那片林子里也没有，多萝西。也许就在下一片林子里。远处靠近地平线的那片林子，也许飞船就在那里。"

依然是紫罗兰色的天空，红色的太阳，棕色的平原。

"地球上那些绿色山丘啊，多萝西，哦，你一定会喜欢它们的。"

棕色的平原一望无际。

天空是永远不变的紫罗兰色。

上方是不是有声音？不可能。从来没有。

但他还是抬头看到了声音的来源。

紫罗兰色的天空高处有一个小黑点在移动。一艘飞船。它一定是一艘飞船。克鲁格三号星球上没有鸟类，鸟类身后也不会有喷射的火焰……

他知道该做什么，知道如果真的看到天空中有一艘飞船，他该怎么发信号让飞船注意到。这事他已经想过100万次了。他举起太阳能手枪，笔直地对着头顶紫罗兰色的天空，扣动了扳机。从飞船的距离来看，手枪发出的闪光并不大，但它是绿色的。只要飞行员看到了这道闪光，哪怕只是在余光中看到了，他就一定会来查看——这道没有其他绿色之物的星球上的绿色闪光。

他再次扣动扳机。

飞行员看到了。他把飞船的尾焰关闭再打开，重复3次，这是对遇难求救信号的标准应答，然后开始盘旋。

麦加里站在那里，浑身颤抖。如此漫长的等待，如此突然地结束了。他摸了摸自己的左肩，摸到了那只5条腿的宠物，她给他的手指和裸露的肩膀带来的触感就像一只女人的手。

"多萝西，"他说，"这是……"他说不出话了。

太空飞船现在正在接近，准备着陆。麦加里低头看着自己，突然意识到，自己的样子在救援者眼里会很不体面，他感到羞愧。他的身体是赤裸的，只围了一条连着枪套的腰带，腰带上还挂着他的刀和其他工具。他身上很脏，可能还很臭，虽然他自己闻不到。他满是尘土的身体看起来很瘦弱，几乎像个老人，但这当然是饮食不足导致的，只要吃几个月的优质食品——地球上的食品，就可以让他恢复。

地球！地球上那些绿色山丘！

他朝着飞船着陆的地方跑起来了，因为太着急，有些跌跌撞撞。他现在看清楚了，这是一艘执行单人任务的飞船，和他自己的飞船一样。但没关系，在紧急情况下，这种飞船也可以坐 2 个人，至少可以把他带到最近的行星，他可以在那里转乘其他交通工具回到地球，回到绿色的群山、绿色的原野和绿色的山谷。

他一边跑，一边祈祷，一边咒骂。泪水顺着脸颊流了下来。

他来到飞船边等着，门开了，一个年轻人走了出来，又瘦又高，穿着太空巡逻队的制服。

"你能带我回地球吗？"麦加里喊道。

"当然。"年轻人平静地说，"在这里待很久了？"

"5 年了！"麦加里知道自己在哭，但他停不下来。

"天啊！"年轻人说，"我是阿彻中尉。我当然会带你回去，等发动机冷却到可以再次起飞的时候我们就出发。我会带你到毕宿五伴星的迦太基行星基地，你可以从那里坐飞船去任何地方。有什么现在紧急需要的东西吗？食物？水？"

麦加里麻木地摇头。食物、水，现在这些东西还重要吗？

地球上那些绿色山丘！他要回到那个绿色的世界。这才是最重要的，也是唯一重要的。如此漫长的等待，如此突然地结束了。他看到紫罗兰色的天空开始模糊变形，然后突然变黑了，与此同时，他的膝盖一软，倒了下去。

他平躺着，年轻人把一个随身带着的扁酒壶放到他嘴边，他喝了一大口里面火辣辣的液体。他坐起来，感觉好些了。他又朝飞船的方向看了一眼，想确定飞船仍然在那儿。的确如此，他感觉棒极了。

年轻人说道："振作起来，老前辈，我们半小时后就出发。6 个小时后你就会到达迦太基。你想聊聊天来恢复正常吗？想告诉我你的经历，告诉我这里发生的一切吗？"

他们坐在棕色灌木丛的树荫下，麦加里从头到尾向年轻人倾诉了自己的经历。他花了 5 年时间寻找另一艘在这颗星球上坠毁的飞船，因为那艘飞船上可能有没损坏的零件，可能足以修好他自己的飞船。漫长的搜寻。关于多萝西，坐在他肩膀上的多萝西，他是怎么遇到她的，并时常有话想对她说。

但不知为何，随着麦加里的讲述，阿彻中尉的表情发生了变化。他的表情变得越来越严肃，越来越同情他。

"老前辈，"阿彻小心翼翼地问，"你来这颗星球是哪一年？"

麦加里预料到了他早晚会面对这个问题。在这个太阳和季节永恒不变的星球，这个永远都是白天、永远都是夏天的星球……怎么才能记清楚时间呢？

他平淡地说："我是在 2242 年来到这里的。中尉，我估计的时间错了多少？我多大了——看来不是我预计的30 岁？"

"现在是 2272 年，麦加里。你 30 年前来到了这里。你55 岁了。但不要太担心这件事，现在医学进步了，你的人生还有很长的时间。"

麦加里轻声说："55 岁。30 年。"

阿彻中尉同情地看着他，说："老前辈，你想一口气把所有的坏消息都听完吗？有好几件事。我不是心理学家，但我觉得也许对你来说，最好的选择是现在就一次性地接受这些事，毕竟现在你也刚刚知道自己得救了，这两方面可以做个平衡。你能接受吗，麦加里？"

没有什么会比他已经得知的这件事——他已经在这里浪费了 30 年生命——更糟糕的了。当然，他能接受剩下的一切，不管是什么事，只要他能回到地球，回到那绿色的地球就行。

他凝视着紫罗兰色的天空、红色的太阳和棕色的平原。他非常平静地说："我能接受。全都告诉我吧。"

"你这 30 年干得非常棒，麦加里。你应该感谢上帝，因为你以为马利的飞船是在克鲁格三号行星上坠毁的，实际上是在克鲁格四号，你在这颗星球上永远也找不到那艘飞船。但是正如你所说，搜索的过程能让你保持精神正常，至少相对正常。"阿彻中尉停顿了一下。然后他用温柔的声音继续说："你的肩膀上什么都没有，麦加里。这个多萝西是你想象出来的虚构角色。但是别担心，可能正是有了这个特定的妄想，你才没有完全崩溃。"

麦加里抬起手摸向肩膀上的多萝西。肩膀上什么都没有。

阿彻说："我的天啊，朋友，你除了这个之外都还正常，这真是太了不起了。独自一人过了 30 年还没崩溃，这几乎是个奇迹。如果你知道了它是个妄想之后它还存在，等你回到迦太基或者火星，一位心理医生可以马上解决你的问题。"

麦加里呆呆地说："她不会再出现了。她现在已经不见了。我……我甚至不确定，中尉，不确定我是否真的相信多萝西存在。我想我是故意编造的，我要和她说话，这样我才能保持理智。除此之外，她……她的样子就像一只女人的手，中尉。我告诉过你这件事吗？"

"你告诉过我了。你想现在就接着听其他的事吗，麦加里？"

麦加里盯着他。"其他的事？还能有什么其他的事？我已经 55 岁了，不是 30 岁。从我 25 岁到现在，我花了 30 年，一直在找一艘飞船，最终一无所获，因为它在另一颗星球上。我在某件事情上疯了，但好在只在这一件事上疯了——至少大部分时间是这样。但现在这些都不重要了，因为我能回地球了。"

阿彻中尉缓缓摇头。"不能回地球，老前辈。如果你愿意的话，可以回火星，那里有美丽的棕色和黄色山丘。或者如果你不怕热的话，也可以去紫色的金星。但你回不了地球了，麦加里。没有人住在地球上了。"

"地球……消失了？我不……"

"地球没有消失，麦加里。它还在那儿，但它是黑色的、荒芜的、一个已经被烧焦了的球。20年前，地球人和大角星人打了一仗。他们先挑起战争，袭击了地球。我们进行了反击，打赢并消灭了他们，但地球在我们反击之前就已经被摧毁了。我很抱歉，你只能回别的地方了。"

麦加里说："地球没了。"他的声音里没有任何情感，一丁点儿都没有。

阿彻说："是的，老前辈。不过火星也没那么糟糕，你会习惯的。火星现在是太阳系的中心，上面住着30亿地球人。当然，你会想念地球上的绿色，但火星也没那么糟糕。"

麦加里说："地球没了。"他的声音里没有任何情感，一丁点儿都没有。

阿彻点点头，说："很高兴你能平静地接受这件事，老前辈。这件事一定让你极度震惊。好吧，我想我们可以出发了。现在飞船的喷管应该已经冷却好了。我去确认一下。"

他站起来，向他的小飞船走去。

麦加里从枪套里拔出太阳能手枪，向阿彻中尉开枪，绿光一闪，阿彻中尉就不复存在了。麦加里站起来，走到小飞船前，用太阳能手枪瞄准它，扣动了扳机。小飞船的一部分消失了。6 枪之后，小飞船完全消失了。可能有很多原子在空中飘舞，它们曾经是那艘飞船和太空巡逻队阿彻中尉的组成部分，但这些原子是看不见的。

麦加里把枪放回枪套里，开始朝地平线附近的那片红色丛林走去。

他把手伸向肩膀上，想要碰触多萝西。她在那里，就像他在克鲁格三号行星上的 5 年中最近的 4 年里一样。她的触感，不管是他的手指还是他裸露的肩膀感受到的，都像是一只女人的手。

他说："别担心，多萝西。我们会找到那艘飞船的。也许它就在下一片丛林里。等我们找到它的时候……"

他现在已经走近丛林的边缘了。那片红色的丛林里跑出来一只老虎，想要吃掉他。那是一只浅紫色的，有 6 条腿的，头的形状像桶一样的老虎。麦加里用太阳能手枪瞄准，扣动了扳机，一道明亮的绿色闪光，短暂而美丽——哦，太美丽了——那只老虎不复存在了。

麦加里轻声笑道："你看到了吗，多萝西？那道光是绿色的，除了我们要去的那个星球，其他的星球上都没有绿色。那是银河系中唯一的绿色星球，我就是从那里来的。你会喜欢它的。"她说："我也觉得我一定会喜欢它的，麦。"她的声音低沉沙哑，他非常熟悉这个声音，就像熟悉他自己的声音一样。她总是回答他的话。她靠在他赤裸的肩膀上，他伸手去抚摸她。她摸起来就像一只女人的手。

他转身回头望去，棕色的平原上点缀着棕色的灌木丛，头顶是紫罗兰色的天空，深红色的太阳。他对着这些东西笑了起来。不是疯狂的笑，是一个温柔的笑。这些东西都不重要，很快他就会找到那艘飞船，然后他就可以返回地球了。

返回地球，回到绿色的群山、绿色的原野和绿色的山谷。他又拍了拍肩膀上的手，对她说话，听她的回答。

然后，他把手搭在枪柄上，走进了红色的丛林。

疯狂之星普拉塞特

就算你已经习惯了这里，有时也免不了会感到沮丧。就像那个早晨——如果它能称之为早晨的话——实际上是这里的晚上。但人们在普拉塞特[39]行星上仍然使用地球时间，因为普拉塞特的时间是扭曲的，就像这个愚蠢行星上的一切东西一样。我是说，你可能会先度过 6 小时白天，然后是 2 小时的夜晚，然后又是 15 小时白天，接下来是 1 小时晚上，然后——嗯，在普拉塞特行星上，你根本无法计算时间，因为它围绕的恒星是一个由两颗恒星组成的双星系统，在 8 字形轨道上运转，就像一只从地狱飞出的蝙蝠，时而围绕这两颗恒星飞行，时而从这两颗恒星之间飞过。这两颗恒星围绕彼此运行得如此之快、如此之近，所以地球上的天文学家之前一直以为它们只是一颗恒星，直到 20 年前布莱克斯利探险队登陆这里，才发现真相。

---

39 | 本文中的行星普拉塞特原文名为 Placet，这一单词来自拉丁文，意为"使……愉悦"，译文中采用音译。

你明白吧，普拉塞特的自转周期并不是它在整个轨道上公转周期的固定比例，而且在两颗恒星中间的位置还有一个布莱克斯利场，在这个场中，光线的速度会变慢，慢得像是在爬，然后被落在后面，而且……

好吧，如果你之前没有读过布莱克斯利关于普拉塞特的报告，请保持镇定，我接下来要告诉你的是：

普拉塞特是唯一一颗人类已知的行星，可以同时发生两次自己遮住自己的情况，每40小时一次在同一轨道上径直追上自己，然后把自己甩到视线之外。

如果你表示怀疑的话，我也不会怪你。

我也不相信，当我第一次站在普拉塞特的地面上，看到普拉塞特迎面撞过来的时候，我吓得都僵住了。然而我读过布莱克斯利的报告，知道这时候到底发生了什么以及发生的原因。这很像那种早期的电影，把镜头设置在火车前，观众会看到火车头正向他们冲过来，就算他们知道火车头并不真的在他们前方，还是会有逃跑的冲动。

但我还是开始说正事儿吧。那天早上，我坐在自己的办公桌前，桌子上长满了草。我的脚踩在——或者看起来是踩在——一片泛起涟漪的水面上。但这水面并不湿。

办公桌上面的草地上放着一个粉红色的花盆，花盆里插着一只亮绿色的土星蜥蜴，鼻子朝下。理性而非我的视觉告诉我，这是我的钢笔和墨水瓶。还有一块刺绣布料，上面工整地绣着：上帝保佑我们的家。这其实是一条来自地球管理中心的消息，刚刚通过无线电通信传过来。我不知道它的真实内容，因为我是在布莱克斯利场效应开始发挥作用后才进办公室的。我不认为它的真实内容会是"上帝保佑我们的家"——像看起来那样。在这个时刻，我气疯了，受够了，我不在乎这条消息到底是什么。

你看，也许我该解释一下，当普拉塞特位于阿盖尔一号和阿盖尔二号（也就是它以8字形轨道围绕着的两颗恒星）中间的位置时，布莱克斯利场效应就会发生。这种效应有一个科学的解释，但必须用公式来表达，用文字说不太清楚。简而言之就是：阿盖尔一号是和地球一样的正常物质，而阿盖尔二号是与地球相反的物质，也就是反物质。它们中间——跨度相当大的一片区域——有一个光速会减慢（大大减慢）的区域，这个区域里的光速相当于常规状态下的音速。结果就是，如果有什么东西的移动速度比音速快，例如普拉塞特本身，在它经过了你的位置之后，你还是可以看到它向你冲过来。普拉塞特的视觉图像需要26个小时才能穿过这片区域。而到那时，普拉塞特已经绕过了它的一颗恒星，并在返回的路上遇到了它自己的视觉图像。在中间的位置，一个图像来，另一个图像走，它两次遮住了自己，同时遮蔽了两颗恒星。再远一点，它就会从相反的方向撞到自己。如果你看到了这一景象，即使你知道它并没有真的发生，也会被吓到僵住。

在你被弄晕之前，我换个方法解释一下。假设有一辆老式蒸汽机车正向你驶来，它的速度比音速快得多。一英里外，它拉响了汽笛。机车从你身边驶过，然后你才会听到汽笛声，而它来自一英里外，机车早已离开的地方。这是物体移动速度比声音传播速度快时的听觉效果，而我刚才描述的是一个物体在8字形轨道上移动的视觉效果，比它自己的视觉图像更快。

这还不是最糟糕的。你可以待在室内，避免看到普拉塞特遮住自己和正面撞上自己的景象，但你无法避免受到布莱克斯利场的生理–心理效应的影响。

而生理–心理效应又是另一回事了。布莱克斯利场会对视神经中枢或者与视神经连接的大脑局部产生某种类似某些迷幻药物的作用。你会看到幻象——说它们是幻象不够准确，因为你通常不会看到不存在的东西，但你看一个物品时，看到的是它变化后虚幻的假象。

我完全确定地知道，自己坐在一张办公桌前，桌面是玻璃的，不是草地；我脚下的地板是普通的塑料地板，而不是一片泛起涟漪的水；我桌上的东西不是一个粉红色的花盆里面插着一只土星蜥蜴，而是在一个20世纪古董墨水瓶里插着的一支钢笔；而"上帝保佑我们的家"的刺绣布料是普通无线电通信打印纸上的无线电通信信息。我可以通过触觉来验证以上这些事情，而布莱克斯利场不会影响到我的触觉。

当然，你可以闭上眼睛，但你不能，因为即使在布莱克斯利场的影响最严重的时候，你的视觉也可以告诉你看见的那些东西的相对大小和距离。如果你停留在熟悉的地方，你的记忆和理性可以告诉你那些东西到底是什么。

所以，当门打开，一个双头怪物走进来时，我知道那是里根。里根不是双头怪物，因为我能听出他走路的声音。

我说："什么事，里根？"

双头怪物说："头儿，机械车间在晃动。我们可能得打破那条在布莱克斯利场生效期间不做任何工作的规定了。"

"鸟？"我问。

双头怪物的两个头一起点头："有那么多鸟飞了过去，那些墙在地下的部分一定已经像筛子一样了，我们最好快点浇混凝土。你觉得方舟飞船带来的那些新的合金钢筋能挡住那些在地下飞的鸟吗？"

"当然能。"我撒了谎。我忘了布莱克斯利场的事，转头看向时钟，但墙上本应有时钟的地方却挂着一个白百合花做成的葬礼花圈，上面看不出时间。我说："我希望我们在拿到钢筋之前不用去加固那些墙。那些方舟飞船就快到了，它们现在可能正在外面盘旋，等待我们离开布莱克斯利场。你觉得我们能等……"

猛烈的撞击传来。

"是的，我们可以等，"里根说，"机械车间已经完蛋了，所以根本不用着急了。"

"车间里面没人吧？"

"应该没人，但我要去确定一下。"他跑了出去。

这就是普拉塞特的生活。我已经受够了，我已经忍受了太多了。里根离开的时间里，我下定了决心。

里根回来时，变成了一具亮蓝色的可动骷髅。他说："没问题，头儿。车间里面没人。"

"机器有没有什么严重损坏？"

他笑了。"你能看着一匹有紫色圆点图案的橡胶沙滩充气玩具马，判断它是完好的还是坏了的吗？说起来，头儿，你知道你现在长什么样吗？"

我说："如果你敢告诉我，我就炒了你。"

我不知道自己是不是在开玩笑，我非常紧张、烦躁。我拉开桌子抽屉，把"上帝保佑我们的家"的刺绣扔进去，然后猛地关上抽屉。我厌倦至极。普拉塞特是一个疯狂的地方，如果你在这里待得足够久，你自己也会疯。地球管理中心驻普拉塞特的员工中，有十分之一的人在普拉塞特待个一两年之后就必须返回地球接受精神治疗。我在普拉塞特已经快 3 年了。我的合同到期了。我也下定了决心。

"里根。"我说。

里根正朝门口走。他转过身来："什么事，头儿？"

我说："你帮我向地球管理中心发一条无线电通信信息。直接说，就一句话：我不干了。"

里根说："好的，头儿。"他转身出去，关上了门。

我坐下，闭上眼睛思考。我已经辞职了。除非我追上里根，告诉他不要发这条消息，否则这件事就会被完全定下来，不可撤销了。地球管理中心在这方面很有趣，董事会在有些方面非常慷慨，但一旦你辞职，他们决不允许你反悔。这是一条铁律。在星际和银河系内部项目中，100 次里有 99 次是合理的。一个人必须对自己的工作有百分百的热情才能成功，一旦他厌倦工作，他就失去了微弱的优势。

我知道普拉塞特位于两颗恒星之间的时间段（我们称之

为"中位期")即将过去，布莱克斯利场的效应即将消失，但我还是闭着眼睛坐着不动。我不想睁开眼睛看时钟，直到我能看到时钟的样子就是一个时钟，而不是现在时钟显现出的鬼样子。我坐在那儿思考。

里根听到我要他发的信息内容时表现得漫不经心，这让我感到有点受伤。他和我成为好友已经有 10 年了，他至少可以对我要离开表示遗憾。当然，他有很大机会升职，获得我现在的位置，但即使他有这方面的想法，他也可以表现得更委婉一点。他至少可以……

哦，别再为自己难过了，我对自己说。你已经结束了在普拉塞特和地球管理中心的工作，等到他们派人来接替你后，你很快就会回到地球，你会在地球找到另一份工作，可能又会去当老师。

但是，该死的里根，还是让人生气。他是我在地球城市理工学院教书时的学生，我帮他找到了这份普拉塞特的工作。对他这个年纪的年轻人来说，这份工作很不错，毕竟这是一个有近千人口的行星的助理管理员。这么说起来，对于我这个年纪的人来说，我的工作也很不错——我自己也只有 31 岁。我告诉自己，这是一份很棒的工作，只不过你建造的每一栋建筑都必定会倒塌，而且——别再纠结了，我告诉自己，现在你已经辞职了。回地球吧，回去当老师。就这样吧。

我累了。我趴在桌子上，头枕在手臂上，肯定是睡着了一会儿。

听到门口传来脚步声，我抬起了头，这不是里根的脚步声。我发现，布莱克斯利场造成的幻象变得更好看了。来的是——或者说看起来是——一位非常漂亮的红发女郎。当然不可能。普拉塞特上也有一些女性，大多是技术人员的妻子，但是……

她说："你不记得我了吗，兰德先生？"那确实是一个女人，她的声音是女人的声音，而且很动听。听起来似乎也有点耳熟。

"别说傻话，"我说，"现在是中位期，我怎么可能认出……"我突然瞥见了她肩膀后方的时钟，它看起来是一个时钟，而不是葬礼花圈或杜鹃鸟巢。我突然意识到，房间里的一切东西都已经恢复了正常。这意味着中位期已经结束了，我看到的不是幻象。

我的目光回到了那个红发女郎身上。我意识到她一定是真实存在的。突然间，我认出了她，虽然她变了，变了很多。她所有的改变都是朝更好的方向变的，尽管米凯琳娜·威特四五年前在地球城市理工学院上我的外星植物学（三）课程时，就已经是一个非常漂亮的姑娘了。[40]

那时她是个漂亮姑娘。现在她是一位美丽的女人。她美得令人惊叹。通讯员怎么会没提到她要来呢？或者他们说了我没注意？她来这儿做什么？她一定是刚从方舟飞船上下来，但我意识到我还在盯着她看。我站起来得太快了，差点儿绊倒在桌子上。

---

40 | 本文中，男女主角曾经是师生关系，后来又成了职场上下级关系。本文写于 1946 年，这些情节反映的是作者当时的性别观念。

"我当然记得你，威特小姐，"我结结巴巴地说，"你请坐吧。你怎么到这儿来了？他们放宽了禁止客人来访的规定吗？"

她微笑着摇摇头："我不是访客，兰德先生。管理中心为您招聘一个技术秘书，我申请了这份工作，并得到了它。当然，最终需要您的批准。具体说来，我有一个月的试用期。"

"太棒了。"我说。这真是一部轻描淡写的杰作。我开始详细地说："真是妙极了……"

这时传来有人清嗓子的声音。我环顾四周，看见里根在门口。这次不是蓝色骷髅或者双头怪物。就是正常的里根。

他说："你的无线电通信刚刚回复了。"他走过来，把那张回复放在我的桌子上。我看着它。上面写着："同意，8月19日。"我曾经有一刻大胆地期望他们没有接受我的辞职，但这种期望像那些鸟一样沉到地下了。他们做出了简短的回复，和我的辞职信一样简短。

8月19日——那是方舟飞船下次抵达的日子。果然，他们没有浪费我或他们的一丁点儿时间。只有4天了！

里根说："我以为你想马上知道，菲尔。"

"是的。"我对他说。我瞪了他一眼。"谢谢。"带着一丝怨恨——也许不止是一丝而已——我想，好吧，我的小兄弟，你没能得到这份工作，否则那条信息就会告诉你，他们会派人接替我，坐下一艘方舟飞船来这里。

但我没有说出口，文明的壁垒太厚了。我说："威特小姐，这位是……"他们对视一眼，大笑起来。我想起来了。

里根和米凯琳娜都是我植物学课上的学生，米凯琳娜的双胞胎兄弟伊卡博德也是。当然，从来不会有人称呼这对红发双胞胎的全名"米凯琳娜"和"伊卡博德"。跟他们一认识，大家就会用上昵称"迈克"和"艾克"[41]。

里根说："我遇到了迈克，她正从方舟飞船上下来。我告诉了她如何找到你的办公室，因为你没在那里接待飞船上来的人。"

"谢谢，"我说，"钢筋送来了吗？"

"我猜是送来了。他们卸下了一些箱子，然后就急着要离开。他们已经走了。"

我哼了一声。

里根说："好吧，我去检查一下那些货物。只是来把无线电通信的答复带给你，我觉得你可能希望马上知道这个好消息。"

他出去了，我瞪着他的背影。这个烦人的家伙……

米凯琳娜说："兰德先生，我需要马上开始工作吗？"

我让脸上的表情恢复正常，并挤出笑容。"当然不用，"我对她说，"你先在周围看看吧，看看风景，适应一下这里的环境。你想散步去村子里喝一杯吗？"

"当然。"

我们沿着小路散步，走向一小片建筑群，这些建筑都很小，只有一层，方方正正的。

---

41 | 双胞胎的名字"米凯琳娜"（Michaelina）和"伊卡博德"（Ichabod）都是比较冷僻少见且显得有些古老的名字，其昵称"麦克"（Mike）和"艾克"（Ike）则相对常见。

她说："这……这里很好。感觉就像在空中行走，很轻盈。这里的重力到底是多少？"

"地球的 0.74 倍。"我说，"如果你在地球上的体重是……嗯，120 磅的话，那么你在这里的体重大约是 89 磅[42]。而且你的体形看起来挺匀称。"

她笑着说："谢谢你，教授——哦，对了，你现在不是教授了。你现在是我的老板，我得叫你'兰德先生'了。"

"或者你愿意称呼我的名字'菲尔'吗，米凯琳娜？"

"那你也得叫我'迈克'，我讨厌'米凯琳娜'这个名字，几乎和艾克讨厌他的名字'伊卡博德'一样。"

"艾克过得怎么样？"

"还不错。他在城市理工学院做学生辅导员，但他不太喜欢这份工作。"她看着前方的村庄，"为什么有这么多小建筑，却没有盖几座更大的呢？"

"因为在普拉塞特行星上，任何类型的建筑的平均寿命都只有大约 3 周。而且你永远不知道什么时候会有一座建筑在里面有人的情况下倒塌。这是我们面临的最大问题。我们能做到的就是把地基部分之外的建筑修得又小又轻，但是地基要尽可能坚固。因此，到目前为止，还没有人因为建筑物的倒塌受重伤，但是……你感觉到了吗？"

"震动？是什么，地震吗？"

"不，"我说，"是一群鸟飞过。"

"什么？"

---

42 | 120 磅约合 54.4 公斤，89 磅约合 40.4 公斤。

看到她脸上的表情，我忍不住笑了。我说："普拉塞特是一个疯狂的地方。刚才你说你感觉就像在空中行走。嗯，在某种程度上，你确实是正在空中行走。普拉塞特属于一种宇宙中很罕见的天体，它同时由普通物质和重物质组成。重物质是一种具有坍缩分子结构的物质，它重到你无法举起由重物质组成的一颗卵石。普拉塞特的核心是重物质组成的，所以这个小行星的表面积只有大约两个曼哈顿岛的大小，重力指数却达到了地球的四分之三。还有生物——低等动物，不是智慧生物——生存在地核表面。有鸟类，它们的分子结构和地核的分子结构相似，密度非常大，对它们来说，普通的物质非常脆弱，就像我们感觉到的空气一样。它们真的可以在普通物质中飞行，就像地球上的鸟类在空气中飞行一样。从它们的角度来看，我们正在普拉塞特的大气层上方行走。"

"它们在地表下飞行时引起的振动会导致房屋倒塌？"

"是的，更糟糕的是——它们会直接飞过地基，不管我们用什么材料制造地基都一样。我们能加工的任何物质对它们来说都只是气体。它们飞过铁或者钢，就像飞过沙子或者土壤一样容易。我刚刚得到了从地球运来的一些特别坚硬的东西——就是刚才你听到我向里根问起的特殊合金钢——但我对它能起什么作用不抱太大希望。"

"但是那些鸟会不会很危险？我是说，除了会让建筑物倒塌之外。会不会有一只鸟飞得太快，从地下飞得高了一点，飞到了空中？鸟会不会飞过碰巧在那个位置的人？"

"理论上有可能，"我说，"但实际上不会。我的意思是，它们飞得离地面最近的时候，也一定会保持几英寸距离。当它们接近地面，对它们来说是'大气层'的顶部时，某种知觉会告诉它们，这种知觉类似蝙蝠使用的超声波。当然，你知道蝙蝠如何在完全黑暗的环境中飞行，而不会撞上东西。"

"嗯，就像雷达一样。"

"没错，就像雷达一样，只不过蝙蝠用的是声波，而不是雷达的无线电波。而那些鸟一定是用了什么以相同原理工作的东西，却产生了相反的作用，让它们在距离气体——对它们来说相当于真空——还有几英寸的时候，就知道要向后转。因为它们是由重物质组成的，它们不能在空气中生存或飞行，就像鸟不能在真空中生存或飞行一样。"

我们到了村里，每人点了一杯鸡尾酒的时候，米凯琳娜又提到了她的兄弟。她说："菲尔，艾克一点儿也不喜欢教书。你有没有办法在普拉塞特给他找一份工作？"

我说："我一直在为地球管理中心另寻一个行政助理。因为我们正在清理更多的地域，工作量一直在增加。里根确实需要帮助。我会……"

她的整张脸都被希望点亮了。但我想起来了。我这段工作已经结束了，我辞职了。我现在提出建议的话，地球管理中心对此的重视程度和对一只鸟不会有什么两样。我心虚地说："我……我会看看我能不能做点儿什么。"

她说："谢谢你，菲尔。"我的手放在杯子旁的桌子上，有那么一会儿，她把手放在了我的手上。好吧，这个比喻太过老生常谈了——感觉就像高压电流打穿了我一样，但它确实发生了。这既是身体上的冲击，也是精神上的冲击，因为我当时就意识到自己已经神魂颠倒了。我摔得比普拉塞特任何一座倒塌的建筑物都厉害，巨大的冲击让我喘不过气来。我没有看米凯琳娜的脸，但她的手用力按了我的手一毫秒，然后像碰到了火一样猛地缩回去了，她一定也感受到了一点电流。

我有些颤抖地站起来，向她提议一起步行回总部。

因为现在的情况已经完全不可能找到解决办法了。现在地球管理中心已经接受了我的辞职，我失去了所有有形或无形的支持。在一个精神错乱的时刻，我自己把自己给毁了。我甚至不确定还能不能找到一份当老师的工作。地球管理中心是整个宇宙中最强大的组织，他们可以干预所有的事。如果他们把我列入黑名单的话……

走回去的路上，大部分时候都是米凯琳娜在说话。我有一些沉重的思考需要做。我想告诉她真相——但我又不想。

在是与否之间，我与自己进行着斗争。而且，最终还是输了。或者说赢了。我决定直到方舟飞船下次到来前，我才会告诉她真相。这段时间里，我会假装一切都很好，一切都正常，给自己这几天的机会，看看米凯琳娜会不会爱上我。我能给自己的机会只有这些了，一次机会，为期 4 天。

然后——好吧，如果到那时她对我的感觉和我对她的感觉一样，我就会告诉她我干了什么蠢事，并告诉她我愿意——不，我不能让她和我一起回地球，就算她愿意也不行，除非等到我穿过笼罩着未来的迷雾看到光明时。我只能告诉她，如果我有机会再找到一份体面工作的话——毕竟我只有 31 岁——我也许能……

诸如此类的事情。

里根正在办公室里等着我，他看上去像一只被淋湿的大黄蜂一样怒气冲冲。他说："地球管理中心运输部门的那些蠢货又搞出蠢问题了。那些装特殊钢筋的箱子里，没有。"

"没有什么？"

"什么都没有。那些箱子是空的。装箱机出了问题，但他们从来都发现不了。"

"你确定特种钢筋是应该装在那些箱子里的吗？"

"我当然确定。订单上的其他东西都运到了，而且提货单上还特别写明了那些钢材就装在那些箱子里。"他伸手去抓自己乱糟糟的头发。这让他看起来比平常更像长着粗硬头发的艾尔谷㹴犬。

我对他笑了笑，说："也许送来的是隐形钢筋。"

"看不见、摸不着、没重量。我能不能就用这话回复地球管理中心，告诉他们这件事？"

"你想怎么说就怎么说，"我告诉他，"不过你得在这儿等我一下。我先带迈克去她的住处，然后我要跟你谈谈。"

我带米凯琳娜去了总部这片建筑群中最好的睡眠舱。她因为我试着帮艾克找工作的事，再次向我道谢。回到办公室的时候，我感觉我的情绪比那些地底飞鸟的坟墓还要低沉。

"什么事，头儿？"里根问。

"关于给地球管理中心发的那条信息，"我对他说，"就是我今天早上让你发的那条。我希望你不要对米凯琳娜说起任何关于那条信息的事。"

里根笑了一声，说："你想亲自告诉她吗？好吧，那我就闭嘴。"

我用带点挖苦的语气说："也许我发那条信息是个愚蠢的决定。"

"啊？"他说，"我很高兴你发了那条信息。是个好主意。"

他出去了，我费了很大力气才忍住朝他扔东西的冲动。

第二天是星期二，不过具体是周几也不重要了。我记得这天，是因为我在这一天解决了普拉塞特的两个主要问题之一。我已经辞职了，却在这时解决了大问题，这可能也是一种讽刺吧。

我正在口述一些关于如何种本地植物的笔记——普拉塞特对地球的重要性当然就是这个。一些原产于此而在其他地方都无法生长的植物可以用于制造药物，在人类医学中发挥重要作用。我心里感觉很沉重，因为我正看着米凯琳娜记笔记，她坚持来到这里的第二天就开始工作。

这时，一个突如其来的想法像一道闪电出现在我混沌压抑的头脑中。

我停止口述，打电话叫里根来。他来了。

"里根，"我说，"订 5000 份 J–17 调节剂。告诉他们快点儿送来。"

"头儿，你不记得了吗？我们试过这东西。本以为它可以让我们在中位期恢复正常视力，但它并没有影响视神经。我们还是会看到扭曲的东西。它有助于人们适应高温或低温，还可以……"

"还可以帮助人们适应过长或过短的清醒与睡眠的时间节律，"我打断他，"我就是要说这个，里根。你看，普拉塞特围绕着两颗恒星旋转，它的白天和黑夜周期非常短，又不规律，所以我们从来没有真的按这里的昼夜周期生活。是吧？"

"当然，但是……"

"但是，因为普拉塞特没有合理的昼夜周期可供我们使用，我们就让自己变成了已经远到看不见的太阳的奴隶。我们目前和在地球上一样，每天有 24 小时，但中位期是有规律的，每 20 小时就会发生一次。我们可以使用调节剂让自己适应每 20 小时一天——睡眠 6 小时，清醒 12 小时 [43]——每个人都在幸福的睡眠中度过眼睛会欺骗他们的那段时间。躺在黑暗的卧室里，就算你中途醒过来，也不会看见幻象。这里每年的天数比地球多，每天的时间比地球短——但再不会有人因为看到幻象而出心理问题了。你觉得这个方案还有哪里有问题的话，就告诉我。"

里根的眼神变得黯淡而茫然，然后他用手掌狠狠地拍了一下脑门儿。

他说："太简单了，它的问题就是太简单了。如此简单，只有天才才能想到。两年来我一直在慢慢变疯，但答案太简

---

43 | 原文如此。

单了，一直没人想到。我马上就去下订单。"

他往外走去，然后又转身回来："那我们有办法保证建筑物的安全吗？快点，趁你现在还是个奇怪的天才或别的不管什么东西。"

我笑了。我说："为什么不试试你那些装在空板条箱里的隐形钢筋呢？"

他说："你疯了。"然后关上了门。

这一天是星期三，我没在办公室工作，而是带着米凯琳娜一起散步，绕着普拉塞特转一圈的时间正好是一天——一段美好的徒步旅行。但对于米凯琳娜·威特来说，任何徒步旅行的一天都会是美好的一天。当然，除了我知道自己只剩下最后一天的时间可以与她共度。我的世界将于周五终结。

明天，方舟飞船会从地球出发，并带来能解决我们两大问题之一的调节剂，还有地球管理中心派来接替我的人。方舟飞船将穿越太空，到达阿盖尔双星系统外保持安全距离的位置，并从那里启用火箭动力飞过来。飞船会在星期五到达，我会坐飞船回地球。但我试着不去想这事。

我基本上成功忘掉了这件事，直到我们回到总部，里根笑着迎接我，嘴咧得把他那张其貌不扬的脸分成了上下两半。他说："头儿，你做到了。"

"行吧，"我说，"我做到了什么？"

"你给了我用什么来加固地基的答案。你解决了这个问题。"

"是吗？"我说。

"是啊。难道不是吗，迈克？"

米凯琳娜看起来和我一样困惑。她说："他是在开玩笑。他说要用空箱子里不存在的东西，不是吗？"

里根又笑了："他只是觉得他在开玩笑。我们从现在开始就是要用空箱子里的东西加固地基。头儿，你看，这事其实和用调节剂调整作息一样——太简单了，我们之前一直没想到这个办法。直到你告诉我，可以使用空板条箱里的东西，而我仔细考虑了。"

我站在那儿自己想了一会儿，然后我像里根前一天的动作一样，用手掌根部狠狠地拍了一下自己的脑门儿。

米凯琳娜看起来还是很困惑。

"把地基建成空心的，"我向她解释，"那些鸟在飞行时会躲避什么东西？空气。现在，我们可以需要多大的建筑物就建多大的了。至于地基部分，我们在地下建双层墙，两层墙壁间有很宽一段的空间是空的。我们可以……"

我停了下来，因为已经没有"我们"了。他们可以在这里建造不会被鸟毁坏的建筑，而我已经要回地球找新工作了。

星期四过去，星期五来了。

我一直在工作，直到最后一刻，因为现在对我来说，工作是最容易的事。在里根和米凯琳娜的帮助下，我整理出了接下来要建设的建筑项目的原材料清单。首先是一栋3层楼——大约有40个房间的总部大楼。

我们工作得很急，因为很快就要到中位期了，视觉出问题没法阅读的时候，你无法做书面工作，只能凭感觉来写。

但我的心思都在方舟飞船上。我拿起电话，给无线电通信处打了个电话，询问飞船的情况。

"刚刚接到他们的电话，"接线员说，"他们已经空间跳跃到了附近，但还不够近，没法在中位期之前着陆。他们会在中位期过去后就着陆。"

"好吧。"我说，在心里放弃了他们能晚到一天的希望。

我起身走到窗前。这时已经接近中位期了，没错。在北边的天空中，我可以看到普拉塞特正向我们冲过来。

"迈克，"我说，"来一下。"

她和我一起站在窗边，望着窗外。我一只手搂着她。我不记得自己是什么时候伸出的手，但我没有缩回手，她也没有动。

在我们身后，里根清了清嗓子，说："我会把咱们目前整理的这份清单交给通讯员。他可以在中位期后马上把它传给地球那边。"他走出去，关上了身后的门。

米凯琳娜似乎靠得更近了一点。我们俩都看着窗外，普拉塞特朝我们冲过来。她说："很美，是吧，菲尔？"

"很美。"我说。我说话时转头看着她的脸。然后，并不是故意的，我吻了她。

我走回去，坐在我的办公桌旁。她说："菲尔，怎么了？你不会是已经结了婚，还有 6 个孩子，把家藏在什么地方，或者类似的情况吧？我在地球理工学院的时候就迷上你了，那时你是单身——我过了 5 年才走出这段迷恋，但没成功，最后还是找了一份来普拉塞特的工作，只是为了……你还要等我主动求婚吗？"

我呻吟着，目光无法直视她。我说："迈克，我同样为你着迷。但是，就在你来这里之前，我刚刚给地球发了一条无线电通信，只有一句'我不干了'。所以我必须乘坐这艘方舟飞船离开普拉塞特，而且我甚至怀疑自己能不能找到一份当老师的工作，因为我辞职这事一定给地球管理中心留下坏印象了，而且……"

她说："但是，菲尔！"并向我走了一步。

有人敲门，是里根。这一次，我很高兴有人打扰我。我喊他进来，他开了门。

他说："你告诉迈克了吗，头儿？"我郁闷地点点头。

里根咧嘴笑了。"真好，"他说，"我一直得拼命忍住才能不告诉她。真高兴能再见到艾克。"

"啥？"我说，"哪个艾克？"

里根的笑容消失了。他说："菲尔，你是不是摔坏脑子了？你不记得4天前，就在迈克到达这里之前，地球管理中心发来一条无线电通信，而你给了我一个回复，让我发回去吗？"

我张着嘴，盯着他。我甚至还没看那条无线电通信，更别说回复了。是里根疯了，还是我疯了？我记得自己把那张纸塞到了桌子抽屉里。我猛地打开抽屉，把它翻出来。我的手颤抖着，去看纸上的内容："增加助理名额的要求已批准。您希望谁来担任此职位？"

我又抬起头看着里根。我说："你是要告诉我，这个问题我已经回复了吗？"

他看起来和我一样目瞪口呆。"是你让我回复的。"他说。

"我让你回复了什么？"

"艾克·威特[44]。"他盯着我看。"头儿，你还好吗？"

我感觉太好了，就像有什么东西在我的脑子里爆炸了。我站起来，走向米凯琳娜。我说："迈克，你愿意嫁给我吗？"我抱住了她，就在我们进入中位期之前的那一刻，所以我看不到她现在的样子，反之亦然。但越过她的肩膀，我可以看到肯定是里根的东西。我说："出去，你这只猩猩。"我说的是字面意思，因为这就是他现在的样子，一只亮黄色的猩猩。

我脚下的地板在摇晃，但我现在正抱着我爱的人，一直没意识到那摇晃意味着什么，直到那只猩猩转过身来大喊："有一群鸟在我们下面飞过去，头儿，快出去，要不然……"

但他只说到这里，房子就塌了，很多东西砸下来，白铁皮屋顶砸到了我头上，我晕过去了。普拉塞特是一个疯狂的地方，我喜欢。

---

44 | 这是一个谐音引发的误会巧合，主角菲尔让里根发一条辞职信息，内容为"我不干了"（I quit），里根以为菲尔让他发的是对地球管理中心询问新助理人选的回复，内容是读音近似的"艾克·威特"（Ike Witt）。

接　触

　　达尔·瑞独自坐在房间中冥想。他感觉到门外传来了一道意念波，这相当于敲门，他看了一眼门，用意念让滑动门打开。门开了。"请进，我的朋友。"他说。他本可以用心灵感应将这个想法投射给对方，但只有两个人的时候，说话更礼貌。

　　埃容·奇走进房间。"你今晚一直没睡，领袖大人？"他说。

　　"是的，奇。一小时之内地球的火箭就要着陆了，我想要看看它。是的，我知道，如果地球人的计算正确的话，火箭会在 1000 英里[45] 外着陆。超出了地平线的可视范围。但是它着陆的时候，即使距离翻倍，原子弹爆炸的闪光也应该能被看到。我已经等待第一次接触很久了。即使那枚火箭上并没有地球人，对他们来说，这也是第一次接触。当然，我们的心灵感应团队已经阅读了很多个世纪他们的想法，但这是

―――――――――
45 | 原文采用英制度量衡，1000 英里约合 1609 千米。

火星和地球之间的第一次物理接触。"

奇舒服地坐到了一张矮椅上。"确实是，"他说，"不过，我没太密切注意最近的消息。他们为什么要在火箭上装原子弹头？我知道他们认为我们的星球可能无人居住，但这还是……"

"他们会通过月球上的望远镜观察原子弹爆炸的闪光，并获得——他们如何称呼它——名为光谱分析的东西，他们会从中发现比他们现在已知的（或者说他们自以为知道的，因为其中大部分是错误的）更多关于我们星球的大气层和星球表面成分的信息。这是——他们称之为探测射击。他们几个冲日[46]之内就会派人来到火星上，然后……"

火星人正在等着地球人的到来。或者该说是"仅存的火星人"，只有这一座小城，大约有900人。火星文明比地球文明更古老，但它已经走到了生命的尾声。火星文明剩下的只有这些了，一座城，900人。他们正在等待与地球接触，由于自私或无私的原因。

火星文明发展的方向与地球文明大相径庭。火星没有发展出任何重要的物理科学知识或技术。但它已经将社会科学发展到了极高的程度，火星上已经有50000年没有发生过任何犯罪事件，更不用说战争了。火星人已经充分发展了超心理科学和心灵科学，而地球人刚刚开始探索这些学科。

火星人可以教会地球人很多东西。首先是两件很简单的

---

46 | 冲日（Opposition）指太阳、地球、火星排成一直线（火星冲日），是在地球上观测火星的最佳时机，大约每26个月发生一次。

事情：如何消除一切犯罪和战争。除了这两件简单的事情之外，还有心灵感应、心灵致动、共情……

而火星人也希望地球人能教会他们一些对火星人而言更有价值的东西：如何使用科学技术——火星人现在开始独立发展科技为时已晚，就算他们的心灵能够转换为适合发展科技的模式也来不及了——恢复火星的环境，使这个垂死的星球重新适合生命居住，让火星人这个原本正在灭绝中的种族能够重新生存繁衍。这种交换会让地球和火星两方同时获得巨大的利益，也都不会有损失。

今晚是地球第一次与火星接触的夜晚，探测射击的夜晚。地球人下一次发射火箭时应该会载人，至少会有一个地球宇航员。下次火箭发射会是下一个冲日的时候，也就是大约两个地球年，或者说4个火星年后。火星人会知道这些，是因为他们的心灵感应团队成功感应到了至少一部分地球人的想法，从中了解到了地球人的计划。不幸的是，双方距离太远了，这种心灵感应只能单向建立，火星人无法催促地球人加快行动，也没法把火星表面和大气层的情况告诉地球科学家，让地球人免去进行探测射击的麻烦。

今晚，火星人的领袖（火星语中的那个词翻译成地球语言大致相当于"领袖"）达尔·瑞和他的行政助理兼最亲密的朋友埃容·奇坐在一起冥想，直到接触的时刻临近。然后他们为美好未来而干杯，喝了一种用薄荷醇调配的饮品，这种饮品对火星人的效果就像酒精对地球人一样。两个火星人爬到了他们所在的建筑物的屋顶上。他们向北方眺望，那里是火箭预计的着陆点。星星透过火星稀薄的大气层，闪闪发光⋯⋯

在月球一号天文台中，罗格·埃弗里特的眼睛盯着观测镜的目镜，志得意满地说："原子弹爆炸了，威利。现在，只要把胶片冲洗出来，我们就能知道火星上的情况了。"他直起了身子，现在已经没有什么别的东西要看了，他和威利·桑格郑重其事地握手。这是一个历史性的时刻。

"希望它没有杀死任何人。我是说，没有杀死任何火星人。罗格，它的落点是大瑟提斯[47]区域的中心吗？"

"离得很近。照片会显示出精确的位置，但我觉得落点偏南了，大概偏了1000英里。这对于5000万英里[48]的射程来说，已经非常近了。威利，你真认为有火星人吗？"

威利想了想，然后说道："没有。"

威利是对的。

---

47 | 大瑟提斯（Syrtis Major）是火星上的地名，是一座低缓的盾状火山。

48 | 5000万英里约合8047万千米。地球与火星的距离根据双方公转位置有很大波动，最近时约5500万千米，最远时超过4亿千米。

告密的雏菊

　　迈克尔森博士正带着他的妻子——迈克尔森夫人，参观他那个带有植物温室的实验室。这是她几个月以来第一次来这里，这里增加了很多新设备。

　　"约翰，你当时是认真的吗？"最后，她问他，"你跟我说你正在尝试和花草交流的时候。我还以为你在开玩笑。"

　　"完全没开玩笑，"迈克尔森博士说，"与一般的看法相反，植物确实有智慧，至少在一定程度上有。"

　　"但它们肯定不会说话啊！"

　　"不会像我们一样说话。但与一般的看法相反，它们确实会进行交流。可以说是以心灵感应的方式，用思维中的图像而不是用语言交流。"

　　"它们之间或许能交流，但肯定不能跟人……"

　　"与一般的看法相反，亲爱的，即使是人类与植物之间也可以进行交流，尽管目前我还只能建立单向的交流。也就是说，我可以接收到它们的思维，但没法给它们传达我的思维。"

"但这怎么实现呢，约翰？"

"与一般的看法相反，"她的丈夫说，"思维，人类的或是花草的思维都一样，都是电磁波，可以——等一下，直接让你体验会更容易理解，亲爱的。"

他对正在房间另一头工作的助手喊道："威尔逊小姐，请把思维接收器拿过来好吗？"

威尔逊小姐把思维接收器拿了过来。它是一条头带，上面连着一根导线，导线另一头连着一根有绝缘把手的细长杆子。迈克尔森博士把头带戴到妻子的头上，把长杆的把手放到她手里。

"使用方法很简单，"他告诉她，"把杆子放到花的附近，它就会像天线接收信号一样，接收花的思维。你会发现，与一般的看法相反……"

但迈克尔森夫人没有听她丈夫说话。她把杆子放到窗台上的一盆雏菊旁边。过了一会儿，她放下杆子，从手包里掏出一把小手枪。她先开枪打了她丈夫，然后又向他的助手威尔逊小姐开枪。

与一般的看法相反，雏菊确实会告密[49]。

---

[49] 此处改写了一句俗语"Daisies don't tell"，意为"雏菊不会告密"。

我和煎饼⁵⁰以及火星人的故事

（与麦克·雷诺兹合著）

想听听我哥们儿"煎饼"是怎么从火星人手里拯救全世界的故事吗？⁵¹好吧，伙计们。这事儿发生在莫哈维沙漠⁵²边上，就在死亡谷南边。我和煎饼当时正……

"煎饼，"我冲他抱怨说，"自打发了财，你就不是个东西了。这些日子你狂得出格了，看这沙漠里面日子苦，你连一天正经活儿都不干了。是不是？"

煎饼没答话。他装没听见，拉着长脸看着前面的沙子、灰尘，还有一小片一小片生长的仙人掌。他都用不着答话，

---

50 | Flapjack 在美语里是 Pancake 的同义词，现采用常见口语化翻译"煎饼"，本文的设定为西部文化程度不高的人讲故事的形式，所以译名后加"的故事"。本文文字上模仿西部口音，译文中以整体口语化、俗语化风格处理。

51 | 本文原文为讲故事的人的口语化叙述，使用美国南部方言，译文相应使用口语化风格。

52 | 莫哈维沙漠（The Mojave）是美国最大的沙漠，地形为巨大的盆地，主要位于加利福尼亚州的东南部，部分位于内华达州、亚利桑那州、犹他州境内。死亡谷（Death Valley）是莫哈维沙漠的一部分，因地质环境特殊，现已成为国家公园。

-171-

他整个的态度都是明摆着的，他想要回到克鲁塞罗镇，或者直接回到毕肖普镇。

我皱起眉看着他。"有时候，"我告诉他，"我觉得你根本就不适合干这个事，煎饼。哦，当然，你一辈子大部分时候都在这些沙漠和山地里，我也一样。而且也许你比我更了解这些地方。我也得承认，上回是你，不是我，碰巧找到了银矿。可我还是觉得你不喜欢这些沙漠和山地。

"我这么说是有道理的，煎饼。自打我们上回走运，靠银矿赚到了几个钱儿之后，你就一直是这副模样。你也不用摆出一张伤了心的脸。你知道，自从我们把钱存到银行之后，你确实一直不对劲儿。你可得警惕了。咱们到毕肖普镇还有尼德尔斯镇的时候，你都干了些啥？一头扎进最近的酒吧，你就干这个。你得让整个镇子的每一个人都知道咱们有钱。"

煎饼打了个哈欠，踢起了脚下的灰。他不在乎我不停地说话，因为在沙漠里待久了，只要能听到别人说话就是好的，但他也没有真的注意我到底在说什么。但我也没有因为他没认真听就停下。我接着说。

我说："而且光在一家酒吧喝酒还满足不了你。你在头一家酒吧灌了一加仑 [53] 啤酒，马上就要去下一家。别人可都开始笑话你了，煎饼。但对你来说这都无所谓。就跟我前面说的一样，你觉得自己可了不起了，根本不在乎别人怎么说你。

"咱们又没赚到足够从此退休那么多的钱。如果我们想

---

53 | 加仑为液体体积单位，美制一加仑约合 3.785 升。

一直在城里这么住下去，我们过不了多久就会破产。尤其会因为你整天就这么在酒吧里泡着，就知道喝啤酒。好吧，至少你还没发展到请整个酒吧的人喝酒，我猜你是以为只要你不请所有人喝酒，就不会有人跟我说你喝酒的事儿了。"

煎饼对我的话嗤之以鼻，他停住了脚步。

"哦，你觉得我们应该扎营了，是吧？"我说。我环顾周围的情况，说："好吧，我猜在这儿扎营和在别处扎营也没区别。反正十几里地之内都没有水源。"

我把煎饼背上的背包拿下来，开始搭我的小帐篷。在我走运找到银矿——或者该说是煎饼帮我找到的——之前，我的行李里从来没出现过这种方便携带的帐篷，但店里卖货的那个家伙在我口袋里有钱、正想挥霍的时候逮住了我，说服我买下了这顶帐篷。一件花哨玩意儿，但它很适合让煎饼背在身上。

煎饼看我搭帐篷看了一分钟，然后缓步走开，估摸着有没有可能找到一点儿草，或者别的什么填肚子的玩意儿——因为煎饼是我的驴，驴在沙漠中也就能搞到这些了。我知道他不会走远，我不用看着他，也不用把他拴起来，所以我管好自己的事就行了，让他管他自己的。

我对他说的话一点也不夸张。他已经连着好几天在闹脾气了，原因显而易见：他想回去，回到他每天晚上都能喝到他那份儿啤酒，还能再吃一些美味食物的地方。自从他踢倒那块石头，发现那里有银矿以来，他在附近每一个镇子的每一家酒吧里都很有面子。他直接走进去，酒保就会给他上一桶啤酒，他喝光啤酒后，再缓步走向下一家酒吧。他酷爱喝啤酒，酒后的风度也很好。

或许我不应该放任他进出娱乐场所，但正如我前面所说，是煎饼找到了那处银矿，所以我认为这是公平的。虽然我偶尔也会后悔。比如有一次，他不小心走进了克鲁塞罗镇那家最高档的酒店，走到豪华的舞池中间撒了泡尿。好吧，你也不能苛求一头驴子的行为更得体了，是吧？当时又没有人在跳舞，所以我不明白他们为什么要那么大惊小怪。有趣的是，煎饼从来没有在一个大伙儿欢迎他的地方干过这种事，有时候我会怀疑他是不是故意的，尤其是在发生了火星人那些事之后。我们现在还没说到火星人那段。

说回来，我正在训煎饼，我自己接下来也准备去一趟镇上，也许这就是我拿他出气的原因。我和煎饼一样喜欢去城镇，只是我在那里待不了多久，就会厌倦那里的噪声、人群、建筑物，还有睡在床上的感觉，然后，我就得离开城镇，再回到山地。这是我和煎饼唯一真正不同的地方：他更愿意一直在城镇里住着。

半小时后，我正在做晚饭，煎饼可能以为我没看着他，就把头伸进了我的帐篷。他在帐篷里东瞧西望，想找到点儿可以偷的东西。煎饼是我见过的最爱偷东西的驴。如果他觉得什么东西是我想要的，我都来不及眨眼，他就把这东西偷走了，哪怕他自己根本不喜欢、不想要这东西。我记得有一次我被他搞烦了，因为他每天早上都要偷吃我的早餐煎饼——他的名字就是这么来的，所以我就做了一堆煎饼，里面放了很多红辣椒。你觉得他这就不偷了吗？煎饼可不会停。他就是喜欢把我要吃的煎饼给偷吃掉，至于这些煎饼的味道有多糟糕，他不在乎。

煎饼是个需要多加小心的家伙，他确实是。但我这个故事本来是要给你们讲火星人的事。也许我该快点进正题了。

当时是早上，我想想，准确地说，应该是 8 月 6 日或 8 月 7 日的早上——有时候你在沙漠里记不清日期。

说回来，当我听到煎饼愤怒的嘶鸣声时，我睁开了眼睛。我知道一定出事了，要不然煎饼不会用那种声调叫唤。我把头伸出帐篷，正好看到那东西——我一开始以为它是个热气球——那个热气球在冒火。火从它下面疯狂地往外喷，我估计它随时都有可能爆炸。

但它没有爆炸。那个热气球在离我大概 50 英尺[54] 远的地方降落了，火焰也熄灭了。

"我的天啊，"我自言自语，也是对煎饼说，"它一定是从那个老远老远的地方一路被风吹过来的。"

我爬出了帐篷，盘算着要到那个东西降落的地方去打探下情况。我没觉得会有人在那儿，因为那东西下面没有像一般的热气球一样挂个大篮子。就算有，篮子和里面的人估计也都已经被烧烟了，那东西降落的时候下面可一直在喷火。

我差点儿把煎饼给忘了。他被惊到了，这也不能怪他，但他没有跑开，而是向帐篷的方向后退过来。他听到了我在他身后发出的动静，一下子就扬起后蹄踢了过来。我相信他

---

54 | 原文采用英制度量衡，50 英尺约合 15.24 米。

不是故意要踢我的。

但我接下来就失去了知觉。

我醒过来的时候，天已经完全亮了。我肯定昏迷了至少一小时，可能是两小时。我伸手捂住头上受伤的地方，呻吟着，然后，突然间，我想起了那个热气球。我摇摇晃晃地站起来，看向它。

那个热气球不是热气球。我有一次在密苏里州的集市上看到过一个热气球，还看到过其他热气球的照片，而这个东西，不管它到底是什么，它绝对不是热气球。我可以向你保证。

再说，谁听说过热气球里面有人的？

也许我不应该说里面有人，而是应该说有什么东西，因为那个类似热气球的东西侧面有门，很多小型的生物正在进进出出，而它们肯定不是正常人类。我一开始想到的是这些东西可能来自哪个马戏团，因为马戏团里也有最吓人的怪胎、动物和样子古怪的机关装置。只是我无法判断这些东西是怪胎还是动物。它们介于这两者之间。

无论如何，这些小生物在那个我原以为是热气球的大球体里进进出出，有时用后腿直立行走，有时四肢着地爬行。直立的时候，它们大约有 4 英尺高，而四肢着地的时候，它们只有小母牛的膝盖那么高，因为它们的腿——还有手臂，如果它们前面的腿真的是手臂的话——非常短。它们带着各种奇奇怪怪的零件，正在沙漠上把这些零件装配成一台机器，地点就在我和它们进出的那个球体的中间位置。有 3 个生物在那里忙成一团，把其他生物拿过来的零件装到一起。

然后我注意到了煎饼。他就站在那些生物附近，看起来一点也不害怕，只是好奇。驴是一种好奇的生物。

　　我鼓起勇气，绕了个弯走到那边，想看看它们正在做什么事，但我什么都看不明白。我说："你好。"它们没有回答我，也没关注我，就像我只是一只土拨鼠一样。

　　于是我绕过它们，跟它们保持着距离，走到那个球体的旁边，伸手摸它。我的天啊！那个球体有两层楼那么高，是用金属制成的，那金属又光滑又坚硬，就像柯尔特左轮枪的枪管一样。

　　那些怪模怪样的小生物里有一个走过来，手里挥舞着一个看起来有点像手电筒的东西，要把我赶走。我心里暗暗怀疑那东西可不是手电筒，如果它不只朝我挥动那个手电筒，而是真的使用它的话，会发生什么呢？我那时候可没有这么强的好奇心，不想知道结果，所以我就听话地后退了大约20英尺，接着看它们在干什么。

　　很快，它们似乎就装完了那台机器。这时候，煎饼离那台机器只有几英尺远，我也开始往那边走，但又有一个小生物朝着我挥舞手电筒，我就退回来了。

　　两个小生物用后腿站在那台机器旁，拉动操纵杆，旋转旋钮。机器上方有一个扬声器，看起来就像是过去的老式留声机上面的那种喇叭。突然，扬声器发出了声音："现在应该已经调整好了，曼杜。"

　　这可真是活见鬼了。这些生物看起来像是从动物园里逃出来的，但它们有一台会说话的机器，我搞不清它是什么。我坐在一块岩石上，盯着那个扬声器。

"看来已经调好了。"扬声器说，"现在，如果这个地球生物具有我们推断的那种智力水准，我们应该可以进行交流了。"

所有的小生物都离开了那台机器，只有一只还在操作机器，它直视煎饼，说："你好。"

"你也好，"我说，"煎饼是一头驴，不如和我谈谈怎么样？"

"你们可以派个人，"扬声器说，"不要再让那边那只家养动物发出奇怪的声音吗？"

我没听到煎饼发出任何声音。但有小生物向我挥手电筒，所以我闭上了嘴，看看接下来会发生什么。

"我想，"扬声器说，"您是这个星球上占主导地位的智慧生物。火星居民向您致以问候。"

那个扬声器有一点很奇妙的地方，它所说的每一个单词都会让我精确地记住，和它当时说的一字不差，即使我当时并不知道那些高深的单词的正确含义。

在我还想要搞清楚它们的话是什么意思的时候，真该死，煎饼比我先开口了。他咧开嘴，露出牙，发出了真诚的叫声。

"谢谢。"扬声器说，"回答您的问题，这是一台心灵感应发声器。它会将我的想法以思维的形式传播出去，并在听者的脑海中以听者自身使用的语言再现出来。您觉得自己听到的声音并不是来自扬声器的真实声音，是因为它发出的是一种抽象的声音模式，在载波的帮助下，您的潜意识会把它听成是用您自身的语言表达的声音。我们不需要选择您所使用的语言，说各种语言的各种生物都能听到我的想法。我们需要调整的主要是接收器，这个部分是有选择性的，我们要选择特定的模式，来适应您的智力水平。"

"你疯了，"我喊道，"你为什么不把那个该死的东西调整好，让它能听明白我说的话呢？"

"请让那只动物保持安静，亚加尔。"扬声器说。煎饼回头责备地看着我，这倒不让我担心，但又有一只拿着手电筒的小生物朝我挥舞，这就让我很担心了。而且这时扬声器又响了，我想听听它说什么，也就不说话了。

"我们火星人也遇到了这种困难，"它说，"令人高兴的是，我们用机器人代替家养动物，已经成功解决了这个问题。不过您面临的情况显然与我们不同。您的身体结构上没有合适的手，甚至也没有触手，所以您发现有必要驯化一种有这种身体结构的低等动物。"

煎饼短嘶了一声，扬声器说："当然，您想得知我们来访的目的。我们希望获得您的建议，以解决一个对我们至关重要的问题。火星是一颗垂死的星球。我们的水、大气层、矿物资源都快要耗尽了。如果我们的技术足以进行真正的星际旅行，我们可能会去银河系的什么地方寻找一颗无人居住的星球。不幸的是，我们还没有这种技术，我们的飞船只能到达太阳系内的其他行星，只有发现全新的宇宙航行原理才能前往其他恒星的星系。关于这种宇宙航行的新原理，我们目前一点儿线索都没有。

"在太阳系中，除了火星之外，只有你们的地球适合火星人生存。水星太热，金星的表面没有陆地，大气的成分也对我们有毒性。木星的引力太大，会压碎我们的身体，而它所有的卫星，和你们地球的卫星一样，没有空气。距离太阳更远的行星温度又低得惊人。所以，如果我们想生存下去，我们就必须以和平方式移居地球——如果你们地球人屈服的话，就会是和平方式，否则我们也只能使用武力了。我们拥有可以在几天内消灭所有地球生物的武器。"

"等一下，"我喊道，"你再好好想想，你可以……"

那个一直用手电筒瞄准我的小生物把手电筒压低了，指向我的膝盖，当我走向那个正在操作扬声器的生物时，它按下了一个按钮。我的膝盖突然发软，我摔倒了，也闭嘴了。

我的腿完全不能动了。我勉强用手臂支撑着坐起来，这样才能看到接下来会发生什么事。

煎饼叫了一声。

"确实如此，"扬声器说，"这对我们双方来说都是最好的解决方案。我们本来也不想用武力或其他方式去占领一个已经有文明存在的星球。如果您真的能为我们的问题提供另一个答案……"

煎饼又长嘶了一声。

"谢谢，"扬声器说，"我确信这个方法行得通。真是难以想象，为什么我们自己没有想到这个方法。我们对您的帮助感激不尽，向您致以最真诚的谢意。我们心中带着善意离开，以后不会回来了。"

我的膝盖又能动了，我站了起来。不过我没有往别处走。我的膝盖刚刚失灵了整整一分钟。我想，如果那个类似手电筒的东西指的位置高一点，让我的心脏停止跳动整整一分钟，我就再也不用担心我的膝盖了。

煎饼又叫了一次，但这次持续的时间不长。这些样子怪异的小生物开始把那个带扬声器的机器拆开，然后把零件一块一块地搬回它们乘坐的大球体里。

大约10分钟后，那台机器和那些小生物都回到了那个看起来像热气球但不是热气球的球体里面。门关上了。球的底部又开始喷火。我跑回帐篷旁边，在那里接着看。突然间，那个球几乎笔直地高速呼啸上升，消失在天空中。

煎饼向我走过来，他似乎有点在回避我的目光。

"你觉得你很精明是吧？"我问他。

他不肯回答。

但我猜他确实是这么想的。那天晚些时候，他又偷吃了我的煎饼。

这就是整个故事，伙计们。这就是煎饼从火星人手中拯救世界的故事。你想知道他告诉了火星人什么东西吗？嗯，我也想知道，但他就是不告诉我。嘿，煎饼，过来。今晚你喝的啤酒已经够多的了。

好吧，伙计们，煎饼来了。你们问他。或许他会跟你们说，也可能不会说。煎饼是个需要多加小心的家伙，他确实是。你们去问他吧。

终极武器

　　傍晚，房间里光线昏暗，安静无声。詹姆斯·格雷厄姆博士——一位主导着一个非常重要的项目的科学家，正坐在他最喜欢的那把椅子上思考。他周围一片寂静，能听到隔壁的房间里传来翻动书页的声音，他儿子正在那儿看图画书。

　　格雷厄姆最出色的成果、最具创造性的想法，常常就是在这种情况下完成的——在一天的工作结束后，回到自己的公寓，独自坐在昏暗的房间里。但今晚，他的头脑没法去做那些建设性的工作。他现在想得最多的是他唯一的、心智发育停滞的儿子，那个正在隔壁房间里看书的孩子。他如今的思绪充满爱意，不像多年前他第一次知道孩子的病情时感受到极度的痛苦。孩子生活得很开心，这不是最重要的吗？有多少人能有一个永远都是孩子的孩子，一个不会长大、不会离开父亲的孩子呢？当然，这是在给现状找合理化的解释，但在这种情况下，合理化又有什么问题——这时，门铃响了。

　　格雷厄姆站起来，房间几乎全黑了，他打开灯，穿过走

-182-

廊，走到门口。他并不讨厌被门铃打扰，在今晚，在这一刻，几乎任何能打扰他思考的事对他来说都是好事。

他打开门。一个陌生人站在门口，说："你是格雷厄姆博士吧？我叫尼曼德，我想跟你谈谈。我可以进来跟你聊一会儿吗？"

格雷厄姆看着这个人。小个子，看起来平庸无奇，很明显不会造成什么危害，可能是个记者或保险代理人。但他是什么人并不重要。格雷厄姆发现自己已经同意了："当然可以。请进，尼曼德先生。"格雷厄姆为自己的行为找到了正当理由，他想：跟这个人聊几分钟吧，这样或许可以转移思路，清空心中的烦闷。

"请坐，"他走进客厅，对尼曼德说，"你想喝一杯吗？"

"不喝了，谢谢。"尼曼德说。他坐到椅子上，格雷厄姆坐到沙发上。

小个子男人尼曼德双手十指交叉，身子向前倾。他说："格雷厄姆博士，你的科学研究比其他任何人的研究都更有可能终结全人类的生存机会。"

格雷厄姆想，这是个疯子。现在他意识到，自己让这人进来之前应该先问清楚他是来干什么的，但已经太晚了。这会是一次尴尬的谈话，他不喜欢以粗鲁的态度行事，但现在只有粗鲁才会有效果。

"格雷厄姆博士，你正在研究的武器……"

这时，一间卧室的门打开了，来访者停止讲话，转头看门开的方向，一个15岁的男孩走进了客厅。男孩没有注意到尼曼德，他跑向格雷厄姆。

"爸爸，你现在可以给我念故事书吗？"15 岁的男孩笑着说，声音像 4 岁的孩子一样甜美。

格雷厄姆单手搂住男孩。他看着来访者，想知道对方是否知道这个孩子的事情。尼曼德的脸上毫无惊讶之色，格雷厄姆觉得他一定知道。

"哈利，"格雷厄姆的声音温暖而充满爱意，"爸爸现在有事情。一会儿就来。先回房间去吧，我很快就来给你读故事书。"

"《忧天小鸡》[55] 可以吗？你能给我讲《忧天小鸡》吗？"

"你想听我就给你讲。现在先回去吧。等下，哈利，这位是尼曼德先生。"

男孩向来访者露出害羞的微笑。尼曼德说："你好，哈利。"然后也向孩子微笑，并伸出手来。格雷厄姆看着这一幕，现在他确信尼曼德知道这孩子的事，尼曼德的微笑和动作都是根据孩子的心理年龄而非身体年龄做出的。

男孩和尼曼德握手。有那么一刻，他似乎要上前爬到尼曼德的大腿上，格雷厄姆轻轻拉住了他。格雷厄姆说："现在先回房间去吧，哈利。"

男孩蹦蹦跳跳地回到自己的卧室，忘了关门。

尼曼德与格雷厄姆对视，他说："我喜欢这孩子。"很明

---

55 |《忧天小鸡》（*Chicken Little*）是英美的民间儿童故事，讲一只小鸡被橡果砸中了头，就开始担心整个天空会塌下来，类似中国的"杞人忧天"。迪士尼于 2005 年出品了根据此故事改编的动画电影，名为《四眼天鸡》。

显，他这话是真诚的。他补充道："我希望你给他讲的那件事永远都是真的。"

格雷厄姆没听懂他什么意思。尼曼德说："我的意思是《忧天小鸡》。这个故事很好，但愿那只小鸡关于天要塌下来的说法一直都是错的。"

尼曼德表现出喜欢这个孩子的时候，格雷厄姆突然觉得尼曼德还不错。但现在他又想起来了，必须尽快把这人送出去。他站起来，准备结束谈话。他说："恐怕你只是在浪费咱们两个人的时间，尼曼德先生。你说的这些论点我都知道，不管你要说什么，我都已经听过一千遍了。你相信的那些东西可能有一定真实性，但这都与我无关。我是一个科学家，也只是一个科学家。没错，众所周知的是，我正在研究一种武器，一种终极武器。但是，就我个人而言，终极武器只是我推动科学前进这件事的副产品。我已认真想过了，结论是我只关心科学进步。"

"但是，格雷厄姆博士，人类准备好拥有终极武器了吗？"

格雷厄姆皱起了眉。"我的观点都已经跟你说完了，尼曼德先生。"

尼曼德从椅子上慢慢起身。他说："很好，如果你决定不再讨论这件事，我也就不多说了。"他单手扶额说，"我这就离开，格雷厄姆博士。不过我想知道……我现在可以改变主意，和你一起喝一杯吗？"

格雷厄姆的怒气消退了。他说："当然可以。威士忌加水可以吗？"

"太棒了。"

格雷厄姆请来访者稍等，他走进厨房，取出一个装着威士忌的雕花玻璃瓶，和一个装着水的瓶子，还有冰块和两个玻璃杯。

当他回到客厅时，尼曼德刚好从男孩的卧室出来。他听到尼曼德说"晚安，哈利"，哈利快乐地回答"晚安，尼曼德先生"。

格雷厄姆倒了两杯酒。过了一会儿，尼曼德谢绝了再来一杯，起身离开。

尼曼德说："博士，我冒昧地给你儿子带了一件小礼物。你去拿酒的时候我把礼物送给了他。还请见谅。"

"没关系。谢谢。晚安。"

格雷厄姆关上门，穿过客厅，走进哈利的房间。他说："好，哈利。现在我来给你读……"

突然间，他额头冒了汗，但他强装镇定，让自己的表情和声音保持平静，走到床边。"我可以看看这个吗，哈利？"他安全拿到了那件东西，用颤抖的双手检查它。

他想，只有真正的疯子，才会把子弹上膛的左轮手枪作为礼物，送给一个智力有问题的人。

死 刑

　　查理·道尔顿是一个来自地球的太空飞行员，在天蝎座 α 的二号行星降落后不到一小时，他就犯下了一起最严重的罪行。他杀了一个天蝎星人。在大多数星球上，谋杀只是一种轻罪，在某些星球上，杀人甚至是值得夸耀的行为。但在天蝎座 α 的二号行星上，谋杀是死罪。

　　"判处被告死刑，"那位庄严的天蝎星法官说，"于明日黎明时，以爆能枪处决。"此判决不得上诉。

　　查理被带到了死刑犯的套房。

　　出乎意料的是，死刑犯套房中有 18 个富丽堂皇的房间，每个房间里都准备了大量各种各样的食物和饮品，每个房间里都有沙发，有他想要得到的一切——其中，每个沙发上都有一个美丽的女人[56]。

　　"真是绝了。"查理说。

────────────

56 | 本文发表于 1954 年，此处文字和结尾处文字均反映了当时作者所在社会的落后性别观念。译文中做标注说明，文字内容则保留原貌不做改动。

天蝎星狱警向查理深深鞠了一躬。他说："这是我们星球的习俗。如果一个人被判在黎明时处以死刑，他的最后一晚就会有这些安排。死刑犯可以得到他想要的一切。"

"几乎值了。"查理说，"说起来，我刚刚降落就跟人打了那一架，还没来得及查看星球指南。这个星球的一夜有多长？它的自转周期是多少小时？"

"小时？"狱警说，"那一定是地球上的时间单位。我打个电话给皇家天文台，问问你们星球和我们星球的时间有什么不同。"

他打了电话，问了问题，听了对方的答复。然后，他告诉查理·道尔顿："在天蝎座 α 的二号行星的一个黑夜中，你们的地球会绕着太阳旋转 93 圈。我们的一夜相当于你们的 93 年。"

查理轻轻地吹了声口哨，他不知道自己能不能活到 93 年后。那位寿命有两万多年 [57] 的天蝎星守卫深表同情地向他鞠躬，然后离开了。

查理·道尔顿开始了这个漫漫长夜中的苦差事，吃吃喝喝，还有别的事，不过顺序不完全一样——那些女人非常美丽，而他已经在太空中待了很久了。

---

[57] 这里作者的计算依据不详，按上文所述，当地一夜合地球 93 年，一天一夜为 186 年，守卫的寿命为两万多年，如果是地球年，折合当地时间只有一百多天。

众神笑了

你知道作为工作小组一员待在一颗小行星上，会是什么感觉吗？你要在那颗小行星上困一个月，这是你的工作安排。一起去的还有另外 4 个人，你们除了聊天之外，没什么可消遣的。你乘小型飞船往返那颗小行星，而在小行星上停留时也只能住在那艘小型飞船上，飞船内部的空间非常宝贵，甚至没有空间容纳书籍、杂志或游戏设备。除了平常每地球日一次的覆盖整个星系的新闻广播外，你连无线电广播信号都收不到。

所以聊天是你唯一能参与的室内运动。你有大把时间来说话以及听人说话，因为实际上每个工作日需要穿上宇航服干活的时间只有 4 个小时，而且中间还包括了 4 次返回飞船休息的时间，每次 15 分钟。

总之，我想说的是，在那种工作小组里，大家说话时常常信口开河。一天里的大多数时间，大家无所事事，所以你会听到一些吹牛，像真的一样，这些胡编乱造的故事会让地球上过去的骗子俱乐部看起来就像主日学校开会一样正经。而如果你自己也想编个故事的话，你有足够多的时间可以用来构思。

查理·迪恩是我们的组员之一，他讲过一些精彩绝伦的故事。很久之前，他曾经在火星上生活过，那时候火星上的人类和波利人正起冲突，生活在火星上就像生活在白人殖民者对美洲原住民发动战争时的北美洲一样。波利人的思维方式和战斗方式都很像美洲原住民，不过他们是四足动物，外貌像踩着高跷的鳄鱼——如果你能想象出鳄鱼踩高跷是什么样的话——他们用吹箭代替弓箭。美洲原住民用来对付殖民者的是弓箭还是弩来着？

不管怎样，查理刚刚编完的这个故事，作为这次旅行里的第一次编故事尝试来说实在是太棒了。事情是这样的，我们刚刚着陆，正在休息，虽然我们来的路上也没干什么事，通常我们在这时讲的故事都是简单可信的，直到大约第 4 周，每个人都无聊得要命，才会开始有真正的太空尺度的胡扯出现。

"所以我们抓了这个波利人头头，"查理最后说道，"你们知道的，波利人长着那种扑扇着的小耳朵，我们往他的耳朵上扎了几个镶锆石的耳环，然后放了他，他回去找其他波利人了，然后，该死的，如果……"好吧，我不会继续讲查理的故事了，因为我要说的故事与他的故事没有任何关系，只是他的故事里提到了耳环。

布莱克伤感地摇摇头，然后转向我。他说："汉克，木卫三上出了什么事？你就在几个月前开往木卫三的那艘飞船上——那是第一艘前往木卫三的飞船，你在上面吧？我后来没有看到或听说过多少关于那次航行的消息了。"

"我也没听说多少，"查理说，"只知道木卫三上的原住民原来是一些大约4英尺高的人形生物，身上除了戴耳环之外一丝不挂。造型有点太高调了，是吧？"

我微笑着说："如果你见过木卫三的原住民，你就不会有这种想法了。对他们来说，衣服并不重要。再说，他们并不戴耳环。"

"你疯了。"查理说，"当然，我知道你参加了那次探险，我没去，但你这话还是很疯狂，因为我扫了一眼他们带回来的那些照片。当地原住民确实戴着耳环。"

"不，"我说，"是耳环戴着他们。"

布莱克深深地叹了口气。"我就知道，我就知道，"他说，"这次航行从一开始就有问题。查理在第一天就曝出来一个本该经过逐步完善才能完成的故事。现在你又说——或者是我对'耳环'这个词的理解有问题吗？"

我笑出了声。"完全没有，船长。"

查理说："我听说过人咬狗的故事，但耳环戴人可是新鲜事。汉克，我不想这么说——但就当我说了吧。"

无论如何，我吸引了他们的注意。现在就是最好的时机。

我说："如果你看了关于这次航行的消息，就会知道我们大约8个月前离开地球，进行了一次为期6个月的往返旅行。M-94号飞船上有6个人，我和另外两个人是机组人员，还有 3 位专家负责勘探研究。不过他们也不是真正的顶级专家，因为这次航行风险太大，不能派顶级专家去。这是第 3 艘尝试前往木卫三的飞船了，前两艘都撞上木星外围区域的卫星坠毁了。那些卫星太小，距离太远，地球上的天文台没能用望远镜发现它们。

"当你到达木星附近时，你会发现木星周围其实是一条小行星带，大多数小行星都太黑了，反射的光太微弱，你根本看不到它们，直到它们撞到你或你撞到它们。但它们中大多数……"

"跳过卫星的事，"布莱克打断道，"除非那些行星戴着耳环。"

"或者说除非耳环戴着它们。"查理说。

"都没有。"我承认，"好吧，我们很幸运，通过了小行星带。顺利着陆了。之前说了，我们有 6 个人。莱基，生物学家。海恩斯，地质学家兼矿物学家。还有希尔达·雷斯，她喜欢小花，是一位植物学家。天啊！你们一定会爱希尔达的——但是也会跟她保持距离。一定是有人想摆脱她，才送她去了那次航行。你知道，她是那种只要开口说话就不会停的人。

"还有阿特·威利斯和迪克·卡尼。他们任命迪克为此次航行的船长。迪克掌握了足够的宇航知识，可以帮助我们渡过难关。所以迪克是船长，阿特和我是力工兼枪手。我们的主要工作是当专家离开飞船时和他们同行，保护他们免遭可能遇到的任何危险。"

"你们遇到什么危险了吗？"查理问。

"我正要说起这个，"我对他说，"我们发现木卫三的环境跟别处比起来并不算糟糕。当然，那里的重力很低，但习惯之后你就可以轻松地保持平衡并四处走动。那里的空气可以供人类呼吸几个小时，然后你就会发现自己像狗一样气喘吁吁。

"有很多有趣的动物，但没有特别危险的。没有爬行动物，全都是哺乳动物，但都是那种很有趣的哺乳动物，如果你能明白我的意思的话。"

布莱克说："我不想明白。快说原住民和耳环的事吧。"

我说："当然，你永远不知道这些样子陌生的动物是否危险，只有你在它们附近待一段时间后才能知道。你不能通过大小或外表来判断。比如，你要是从未见过蛇的话，就永远想不到一条小小的珊瑚蛇是危险的，不是吗？火星上的齐齐兽[58]看起来就像一只特大号的豚鼠。但是不管我手里有没有枪，说实话——我宁愿面对一只灰熊或者……"

"耳环，"布莱克说，"你该说的是耳环。"

我说："哦，对，耳环。好吧，原住民戴着耳环，目前我先这么说，这样比较清楚。每个人都戴着一只耳环，虽然他们有两只耳朵。这让他们看起来有点往一边歪，因为那耳环的尺寸相当大——看起来就像是纯金的圆环，直径有 2 到 3 英寸。

"无论如何，我们着陆地点附近的部落就是这样戴耳环

58｜原文为 Zee Zee，作者杜撰的动物名，因为说像豚鼠，推测类似哺乳动物，音译加"兽"。

的。我们在着陆的地方可以看到他们的村子——一个非常原始的地方，都是些泥土垒成的小屋子。我们开了个紧急会议，决定3个人留在飞船上，另外3个人去村子里看看。去村子里的是莱基，就是那个生物学家，还有阿特·威利斯和我，我们两个拿着枪。我们不知道会遇到什么情况，你明白吧？莱基被选中是因为他也可以算是一位语言学家。他有极高的语言天赋，几乎听到一种语言的同时就能学会怎么说。

"他们听到了我们着陆的声音，一群原住民——我猜大约40个——走过来，在飞船和村子中间的位置与我们相遇了。他们很友好，是一些有趣的人，安静，有尊严，行为举止完全不像你想象中的野蛮人会对从天而降的人采取的行动。你知道大多数原始人会有什么反应，他们要么真的把你当神崇拜，要么就试图杀死你。

"我们和他们一起去了村子，那里还有大约40个人，他们和我们一样分头行动了，留下了一半人去准备接待我们的仪式。这是另一个证明他们有智慧的迹象。他们看出来了，莱基是我们3个里的领导者，就开始喋喋不休地对着他说话。他们的语言听起来更像是一头猪在咕哝，而不是一个人在说话。很快，莱基就发出一两声试探性的咕哝声作为回应。

"一切似乎都进行得很顺利，没有出现危险。而且他们并没有太关注阿特和我，所以我们决定在村子周围逛一圈，看看这里的乡野是什么样子，有没有什么危险的野兽或者其他东西。我们没看到任何动物，但我们确实看到了另一个原住民。他的行为方式与其他人很不一样。他朝我们扔了一根长矛，然后跑了。阿特注意到，这个原住民没戴耳环。

"然后我们的呼吸开始变得有点困难——我们已经离开飞船一个多小时了——于是我们回村子去接莱基，带他一起回飞船。他和原住民相处得非常好，甚至不想离开，但他也开始呼吸困难，所以我们说服了他。他戴了一只耳环，说原住民把耳环作为礼物送给了他，他也送了他们一份回礼，是他碰巧带在身上的一把袖珍计算尺[59]。

"我问他：'为什么要送他们计算尺？计算尺可不便宜，而我们有很多能让他们收到后更高兴的破烂货。'

"'那只是你的想法，'他说，'我一向他们展示计算尺，他们就搞清楚了如何用它做乘法和除法。我还向他们展示了如何用计算尺求平方根，你们两个回来的时候，我正开始教他们如何求立方根呢。'

"我吹了声口哨，认真看了看他到底是不是在跟我开玩笑。他似乎不是在开玩笑。但我注意到他走路的姿势很奇怪，而且——好吧，不知为什么，整个人都有点怪，虽然我无法确定不对劲的地方在哪儿。最后我觉得他只是有点儿过于兴奋了。这是莱基第一次离开地球，所以兴奋也是很正常的。

"回到飞船里，莱基恢复正常呼吸之后——最后那100 码我们真是喘得快断气了——马上开始给海恩斯和希尔达·雷斯讲木卫三原住民的情况。他们说的大部分内容对我来说太技术性了，但我听明白了他们说那些原住民身上有一

---

59 | 计算尺（slide-rule）是一种模拟计算工具，一般由三个带有刻度的长条和一个滑动游标组成，在电子计算器出现之前被广泛使用。本文发表于 1944 年。

些奇怪的矛盾点。从他们的生活方式来看，他们比澳大利亚丛林里的原住民更原始。但是他们有高级的智慧，拥有哲学、数学和纯科学[60]知识。原住民告诉了莱基一些关于原子结构的事，令他无比兴奋。他正犹豫是不是要提前返回地球，回到地球后他可以用科学仪器来验证那些原住民说的一些东西是不是真的。

"另外，他说那枚耳环是原住民部落成员的标志——他们把它作为礼物送给他，作为认同他是朋友和同胞的标志。"

布莱克问："那耳环是金的吗？"

我告诉他："我正要说到这个。"我在床铺上以同一个姿势坐得太久了，觉得不舒服，于是我站起来伸了伸懒腰。

探索小行星的小型飞船内部空间狭小，不够做伸展运动，我的手撞到了墙上枪套里放着的手枪。我说："布莱克，这把手枪是做什么用的？"

他耸耸肩："规则。每艘宇宙飞船上都必须配备一把手持武器。天知道为什么，在小行星飞船上也要有。除非是理事会认为，有一天我们把一颗小行星拖出轨道时，它可能会生我们的气，然后去撞碎另一颗小行星。嘿，我有没有告诉过你，有一次我们拖着一块20吨重的石头行星，然后……"

"闭嘴，布莱克，"查理说，"他正要说到那些该死的耳环。"

"是的，耳环。"我说。我把手枪从墙上取下来查看。

---

60 | 纯科学（pure science）在历史上指目标为探索科学本身而没有任何功利性的科学研究，相当于目前一般所说的"基础科学"，与"应用科学"相对。

这是一把老式金属武器，能发射 20 发子弹，是 2000 年左右生产的。它装弹了，随时可以用，但很脏。看到一把保养不善的枪，我很伤心。

我先坐回床铺上，从行李箱里拿出一条旧手帕，一边说话一边开始清洁并擦亮手枪。

我说："他不让我们把他的耳环摘下来。当海恩斯想要分析耳环的金属成分时，他表现得有点怪异。他告诉海恩斯，如果他想分析这只耳环，他可以自己去搞一只。然后他又继续赞不绝口地说起木卫三人表现出的超越地球人类的知识。

"第二天，所有人都想去村子里看看。但我们之前定好了，6 个人中同时离开飞船的人数不得超过 3 人，而且必须轮流出去。因为莱基可以说原住民那种咕咕哝哝的语言，这次他和希尔达先去，阿特给他们当警卫。现在我们觉得情况足够安全了，可以按两名科学家带一名警卫的比例分配人手。除了那个向阿特和我投掷长矛的原住民之外，我们没发现任何危险的迹象。而且他看起来就像个傻子，投出的长矛落点离我们有 20 英尺远。我们都懒得向他开枪。

"不到两个小时，他们就气喘吁吁地回来了。希尔达·雷斯的眼睛闪闪发亮，左耳上戴着一只耳环。她看起来很自豪，仿佛这耳环是一顶王冠，让她成了火星女王之类的大人物。她一停止喘气，恢复正常呼吸，就开始滔滔不绝地谈论这件事。

"下一次去村子的是我、莱基和海恩斯。

"不知为什么，海恩斯有点暴躁，他说他不会让那些原住民把耳环戴到他的耳朵上，虽然他确实想要一只耳环，分析它的成分。他们可以把耳环交给他，否则免谈。

"我们到达那里后，原住民还是没怎么关注我，我就在村子里闲逛。后来我突然听到一声惨叫，当时我正在村子边上，就飞快地跑回村子中心处，因为那声音听起来像海恩斯。

"有一群人，聚在村子中心处的一个地方——好吧，就叫它小广场吧。我花了一分钟，把挡在前面的原住民推搡到两边才挤进去。我挤到中间时，海恩斯刚刚起身，他的白色亚麻外套前面有一大片红色污渍。我搀扶他起身，问：'海恩斯，怎么了？你受伤了？'

"他缓慢地摇头，似乎有点茫然，然后说：'我没事，汉克。我没事。我只是绊倒了。'然后他发现我在看那片红色污渍，他笑了。我猜那个表情是微笑，但看起来不自然。他说：'那不是血，汉克。我只是不小心洒上了一些本地的红酒。这是仪式的一部分。'

"我开始问他是什么仪式，然后我发现他戴了一只金耳环。我觉得这太好笑了，但他开始和莱基说话，他看起来模样和行为都正常——好吧，大体上是正常的。莱基正在告诉他一些咕哝语言的意思，他表现得非常感兴趣，但不知为什么，我觉得他大部分的兴趣都是装出来的，为了不用跟我说话。他表现得像是在认真思考，用内心思考，也许他正在编一个更好的故事，用来掩盖他衣服上污渍的真相，掩盖他为什么这么快就改变了对耳环的看法。

"我越来越觉得木卫三上有什么东西不对劲，但我还不知道到底哪里不对劲。我决定少说话，多观察，直到搞清楚问题在哪里为止。

"不过，接下来我有足够的时间来研究海恩斯的情况，所以我又走出村子的边界，在村子周围漫步。我突然想到，如果有什么他们不想让我看到的东西，我躲起来的话更有可能会看到。周围有很多灌木丛，我选择了一片比较大的躲了起来。从我肺部的呼吸状况看来，我估计在我们必须启程返回飞船之前，我大概还有半小时的时间。

"还没过一刻钟，我就看到了一些东西。"

我停止说话，把手枪凑到灯光下，眯起眼睛观察枪管。手枪已经清理得相当干净了，但枪口附近还是有几个斑点没能擦掉。

布莱克说："我猜猜。你看到一只火星特拉格猎犬站在自己的尾巴上，唱着《安妮·劳里》[61]。"

"比这更糟糕，"我说，"我看到一个木卫三原住民的腿被咬掉了。这让他很恼火。"

"腿被咬掉会让任何人恼火，"布莱克说，"我也一样，而我已经算是脾气非常好的了。什么东西咬掉了他的腿？"

"我没看到，"我告诉他，"水下的什么东西。有一条小溪，从村子旁边流过，里面肯定有鳄鱼之类的东西。两个原住民从村子里走出来，开始涉水过小溪。大约走了一半的时候，其中一个人大叫一声，倒下了。

"另一个人抓住了他，把他拖到了对岸。他的双腿只剩

---

61 |《安妮·劳里》(Annie Laurie) 是一首苏格兰民歌，歌词内容为歌者对一位女子的爱恋。

下大腿，膝盖以下的部分都没了。

"接下来最见鬼的事发生了。那个断腿的原住民用残肢站着，开始冷静地对他的同伴说话，或者该说是对同伴咕哝，而他的同伴也用咕哝声回应。如果他们的语气有什么类似地球人类语言的含义的话，就是他很恼火。仅此而已。他试着用残肢行走，发现自己走不快。

"然后他做了一个不管怎么看都像是在耸肩的动作，伸手摘下自己的耳环，递给他的同伴。然后，最奇怪的部分来了。

"他的同伴接过了耳环，就在耳环离开第一个人——双腿被咬掉的那个人——的手的那一刻，他就倒下死掉了。另一个原住民拎起尸体，把它扔到水里，然后走了。

"那个人一离开我的视线，我就回去找莱基和海恩斯，一起回飞船。我找到他们的时候，他们已经准备好离开了。

"我这时候以为自己已经开始担心了，但我还没看到真正要命的事呢。直到我和莱基、海恩斯一起回飞船。关于海恩斯，我注意到的第一件事是，他外套前面的那片污渍消失了。红酒或者——不管那红色的液体到底是什么——有人设法帮他弄掉了，他的外套甚至都已经是干的了。但那件衣服上有个口子，看起来就像被一根长矛刺穿过。我以前没有注意到。

"然后，他碰巧走到了我前面，我发现他外套后面还有一个类似的裂口，或者说穿刺留下的破洞。总的来说，就像有人用长矛把他的身子从前往后刺穿了。就是在他发出惨叫的那个时候。

"但是，如果一支长矛那样刺穿了他，他一定已经死了。可现在他就走在我前面，走在返回飞船的路上。他的左耳上戴着一只耳环——这令我不禁想起了那个原住民和河里的东西的事。那个原住民一定也死了，他的双腿都被咬掉了，但是直到他把那只耳环交给同伴之后，他才真的死掉了。

"我可以告诉你，那天晚上我一直在思考，同时观察每一个人，在我看来，他们都表现得很奇怪。尤其是希尔达——你得见过一只河马怎么模仿小猫才能明白她有多怪。海恩斯和莱基看起来若有所思，默不作声，似乎他们有什么秘密计划。过了一会儿，阿特从洗手间出来了，他也戴着一只耳环。

"我意识到，如果我的想法是真的，那么就只剩下我和迪克没有被控制了，这让我不寒而栗。我最好尽快开始和迪克交流意见。他正在写一份报告，但我知道过一小会儿他就会在就寝前去储藏室进行例行检查，到时候我可以跟他单独说话。

"与此同时，我看着其他4个人，我变得越来越确定。也越来越害怕。他们尽可能表现得自然，但偶尔会有一个人露马脚。比如说，他们会忘记说话。我是指，其中一个人会转向另一个人，好像他在说什么话一样，但他没说。然后，他就像突然想起来一样，会从话的中间开始说，就像他之前一直在说话，只是没有发出声音一样。他们会用心灵感应说话。

"很快，迪克起身出去了，我跟着他。我们走进一间侧面的储藏室，我关上了门。'迪克，'我问，'你注意到了吗？'

他问我在说什么事。

"我告诉了他。我说：'外面的那4个人——他们不是我们原本的同伴。阿特、希尔达、莱基和海恩斯出了什么事？这里到底发生了什么？你难道没有发现什么不正常的情况吗？

"迪克叹了口气，或者说做了个类似叹气的动作，说:'好吧，没成功。看来我们还需要更多练习。来吧，我们会告诉你这一切。'他打开门，向我伸出手，衬衫的袖子从手腕上向后退了一点，露出他戴着的一件金色的首饰，外形和其他几个人的类似，只是他把它当手镯来戴，而不是耳环。

"我……好吧，我当时目瞪口呆，什么话都说不出来。我没有握他伸过来的手，但我跟着他回到了主舱。然后，莱基——我想他似乎是领导者——握着一把手枪指着我，他们告诉了我全部的事情。

"这事比我所想象的还要更奇怪、更糟糕。

"他们的个体没有自己的名字，因为他们没有语言——没有任何可以真正称之为口头或书面语言的东西。因为他们有心灵感应，有心灵感应就不需要语言了。如果试图翻译他们的思维中对自己的称呼的话，能找到的最接近的词就是'我们'，第一人称复数代词。从个体角度来说，他们用数字而不是名字来作为个体的识别符号。

"正如他们没有自己的语言一样，他们也没有自己真正的身体，没有自己活跃的思想。他们是寄生者，以一种地球人无法想象的方式寄生。他们是实体——不过，嗯，这很难解释，但在某种程度上，他们只有依附在一个身体上，可以控制这个身体的行动和思考时，他们才真正存在。最简单的解释是，一个独立的……呃，'耳环之神'——这是木卫三原住民对它的称呼——处于休眠状态，无法发挥作用。他们本身没有可以用于思维或运动的能量。"

查理和布莱克看起来很困惑。查理说："汉克，你想说的是，当某一个那种耳环接触到一个人时，他们就能接管那个人的身体，控制他的行动，并用那个人的大脑思考，但是，呃，那个耳环还能保留自己的身份认知？那个被他们接管身体的人会怎样？"

我说："据我所知，那个被接管的人还留在那个身体里，但被那个耳环所支配。我的意思是，身体里还保留着他所有的记忆，还有他的个性，但'驾驶座'上却坐了别的东西。那个耳环会控制他。无论他是死是活，只要他的身体没有被破坏得太厉害就行。就像海恩斯一样——他们必须杀了他才能给他戴上耳环。他死了，如果拿掉那个耳环，他就会摔倒在地，变成一具不会动的尸体，除非把耳环再戴上。

"就像那个双腿被咬掉的原住民一样。控制他的那个实体确定了这具身体已经不堪重负，所以他把自己交给了另一个被控制的原住民，明白了吗？他们会给他找到另一个更好的身体来使用。

"他们没告诉我他们是从哪里来的，只是说是在太阳系之外，也没有告诉我他们是怎么到达木卫三的。不过，不是靠他们自己，因为他们只靠自己的话甚至都无法存在。他们一定是寄生在了其他外星人身上，而那些外星人曾在某个时间到达了木卫三。也许是几百万年前。当然，在我们登陆那里之前，他们无法离开木卫三。木卫三上还没有开发出太空旅行的技术……"

查理再次打断我的话，"但是如果他们那么聪明的话，为什么不自己开发呢？"

"他们做不到，"我告诉他，"他们无法比他们所占据的头脑更聪明。嗯，在某种程度上，他们会更聪明一点儿，因为他们可以发挥这些头脑的全部潜力，但是地球人或木卫三人做不到这一点。但以那些木卫三野蛮人的头脑，即使发挥了全部潜力，还是不足以开发出一艘宇宙飞船。

"但现在他们有了我们——我是说，他们控制了莱基、海恩斯、希尔达、阿特和迪克——他们还控制了我们的宇宙飞船，他们要去地球，因为他们从我们的脑子里知道了关于地球的一切，知道了地球的生存环境。呃，他们的计划很简单，就是接管地球并控制全人类。他们没有解释关于他们如何繁衍的细节，但我想地球上不会缺耳环——手镯或者随便什么他们可以附着在上面的东西。

"大概会是手镯吧，或者臂环、腿环，因为在地球上戴这样的大耳环太显眼了，而且他们还得秘密行动一段时间。每次控制少数的人，不要让其他人知道发生了什么事。

"莱基——或者说控制了莱基的那个东西——告诉我，他们一直在拿我当小白鼠做实验，他们随时都可以给我戴上一个环，控制我。但他们想要检验一下他们模仿人类这件事做得怎么样。他们想知道我有没有起疑心，会不会猜出真相。

"所以迪克——或者说控制了迪克的那个东西——把自己隐藏在迪克的袖子里面，这样如果我对其他人产生怀疑的话，我就会去找迪克讨论这件事，就像我实际上做的一样。这会让他们知道，他们还需要更多练习才能掌握人类身体的使用方法，然后才能开飞船回到地球，开始他们的占领计划。

"唉，这就是全部的故事，他们告诉我这些事是为了观察我，看看我作为一个普通人类会有什么反应。然后莱基从口袋里掏出一个环，用一只手拿着它向我伸过来，另一只手拿着手枪一直指着我。

"他告诉我，我最好戴上它，因为如果我拒绝的话，他也可以先向我开枪，然后再把它戴到我身上——但他们更希望获得未受损的身体。而且如果我——也就是说，我的身体——没有先死掉的话，对我来说也是更好的情况。

"但我自然不会这么想。我假装犹豫不决地伸手去拿那个环，然后出其不意地把枪从他手里打掉，枪落地的时候，我冲过去抢枪。

"我拿到了枪，就在他们都冲过来阻止我的同一时刻。我朝他们开了三枪，然后我发现他们完全不怕中枪。要想阻止一个被这种环控制的身体，唯一的办法就是让它失去移动能力，比如砍掉腿之类的。就连开枪打中他们的心脏都没用。

"但我退到门口，走出飞船，走进了木卫三的夜晚，连一件外套都没有穿。木卫三的天气冻得要死。我出门之后，除了回到飞船上之外也无处可去，但我不会回去。

"他们也没有出来追我——因为不用费这个事。他们知道，在外面待3小时之后——最多4小时——我就会因缺氧而昏迷。这还得是在寒冷或者别的什么东西没有先伤害到我的情况下。

"或许还有什么别的出路，但我没想到。我只是坐在离飞船大约100码的一块石头上，希望能想到我还有什么能做的。但是……"

我在"但是"后没有继续说，在一段短暂的沉默后，查理问："嗯？"

布莱克问："你做了什么？"

"什么都没做，"我说，"我想不到有什么能做的。我只是坐在那儿。"

"一直坐到早上？"

"没。天亮之前我就昏过去了。我醒过来的时候，天还没亮，我发现自己在飞船上。"

布莱克困惑地皱眉看着我。他说："见鬼，你的意思是……"

然后查理突然惊叫一声，头朝下从他原本躺着的上铺冲了下来，从我手里夺走了手枪。我刚刚清理完这把枪，并将弹夹复位。

然后，他手里拿着枪，站在那里，盯着我，就像他以前从未见过我一样。

布莱克说："坐下，查理。你分不清别人是不是在胡扯骗你吗？但是，呃，最好还是继续拿着枪。"

查理还是拿着枪，把枪口转过来指向我。他说："我确实是出了个大洋相，但是，汉克，把你的袖子卷起来。"

我微笑着站了起来，说："别忘了还有脚踝。"

但他脸上的表情极其严肃，我也没有进一步逗他。布莱克说："他甚至可以用胶带把那个环粘在身上的其他地方。我的意思是，万一他真的不是在开玩笑的话。"

查理点点头，没有转身看布莱克。他说："汉克，我不想提这个要求，但是……"

我叹了口气，然后笑了。我说："好吧，我正好想洗个澡。"

飞船上很热，我原本只穿着鞋子和一套连体工作服。我忽视了布莱克和查理的眼光，把衣服和鞋都脱掉，走进挂着防水绸布窗帘的小淋浴间，打开了水龙头。

在淋浴的水声中，我能听到外面传来布莱克的笑声，还有查理自言自语轻声咒骂的声音。

我洗完澡出来，擦干身体的时候，连查理也笑了。布莱克说："我之前还觉得查理讲的那个故事是在吹牛呢。这次航行跟平时是反过来的，我们到后面就只能互相讲一些真实的故事了。"

压差隔离舱旁边的船体传来尖锐的敲击声，查理·迪恩过去开舱门。他吼道："如果你敢告诉泽布和雷，你把我们骗得多惨，我就打烂你的耳朵。你和你说的耳环之神……"

———*———

发件人：67843 号。

发件地点：小行星 J-864A。

收件人：5463 号。

关于地球问题的心灵感应报告节选：

计划顺利实施，我给那些地球人讲了在木卫三上发生的真实故事，以测试他们的轻信程度。

发现他们有能力接受这个故事。

这证明我们将自己嵌入这些地球生物的肉体中的新想法效果很好，而且对我们的计划取得成功至关重要。确实，这种方法比我们在木卫三上使用的方法要麻烦一些，因为当我们接管一个地球生物的身体后，我们必须继续按他原有的行为举止进行操作。手镯或其他附属物可能引起怀疑。

没有必要在这里浪费一个月的时间。我现在已获得飞船指挥权，将返回地球。我们会报告地球这里没有矿石。我们4 个操作这艘飞船上目前的 4 个地球生物，下次报告将从地球上发送给您……

米奇再次出发

　　墙里的黑暗中传来动静，是米奇，他现在又只是一只普通的小灰老鼠了，匆忙地朝踢脚板上的洞里跑去。米奇饿了，教授的冰箱就放在那个洞外面，而冰箱下面有奶酪。

　　米奇是一只胖乎乎的小老鼠，几乎和米妮一样胖。因为教授的慷慨喂食，米妮的身材完全走形了。

　　"永远，米奇，"奥博伯格教授[62]说过，"冰箱下面永远有奶酪。永远。"确实永远有奶酪，而且不总是普通的奶酪。有罗克福奶酪、啤酒奶酪、手工奶酪、卡门贝尔奶酪，有时还有进口的瑞士奶酪，有很大的孔，看起来就像已经有老鼠

――――――――――――

62 | 教授的姓奥博伯格（Oberburger）表明他是德裔，本文原文中，教授说英语时有浓重的德国口音，这种口音也传给了老鼠，特点包括"w"发音为"v"，"p"发音为"b"，"j"发音为"ch"，"s"发长音"ss"，"the"使用德语的"der"等，同时语法上也常有语序不规律的现象。译文中因这些特点难以用汉字再现，均翻译为正常语言，只在德语特征影响到具体情节时加注释。

住在里面了，吃起来时，就像进入了天堂。[63]

　　米妮和米奇都在吃，幸亏墙里的洞和踢脚板上的洞都够大，否则他们那圆滚滚的小身体就没法通行了。

　　但还有另一些事情发生。如果这位好教授知道这些事的话，他会感到既高兴又忧虑。

　　在米奇小小头脑的黑暗中，有一些躁动，就像墙里有老鼠乱跑一样。奇怪的记忆在搅动他的脑袋，关于文字与其意义的记忆，关于黑暗的火箭舱里震耳欲聋的噪声的记忆，关于某些比奶酪、米妮和黑暗更重要的东西的记忆。

　　慢慢地，米奇的记忆和智力开始恢复。

　　在冰箱的阴影之下，他停下来听着。隔壁房间里，奥博伯格教授正在工作。和往常一样，教授在自言自语："现在我们加上着陆缓冲装置。有了着陆缓冲装置就好多了，因为在月球上降落时，如果那里有空气的话，就能轻轻地着陆。"

　　这些话对米奇来说几乎是能听懂的——几乎。这些词听起来很熟悉，它们给他灰色的小脑袋带来了概念和画面，他的胡须因为努力理解而抽动着。

　　地板上传来教授沉重的脚步声，教授走到厨房门口，站在那里看着踢脚板上的老鼠洞。

---

63 | 这段提到的奶酪中，罗克福奶酪（Roquefort）是一种起源于法国的羊奶蓝纹奶酪；啤酒奶酪（Beerkaese）的名字虽然来自德语，但起源于美国20世纪30年代，且并非含有啤酒，而是被认为适合搭配啤酒食用；手工奶酪（Hand Cheese）并非泛指以手工制作的奶酪，而是特指一种起源于德国的奶酪，名字的由来是最初的加工过程中需要用手将奶酪整形成小块；卡门贝尔奶酪（Camembert）是一种起源于法国的软质牛奶奶酪；没有提到名字的瑞士奶酪指埃曼塔尔奶酪（Emmental），以大孔为特征。现实中，老鼠在吃东西时对奶酪并没有偏爱。

"米奇，我应该再设置捕鼠器把你——不行，不，米奇，我的明星小老鼠。你已经获得了安宁和休息的权利，是吧？安宁和奶酪。第二次火箭登陆月球，会派另一只老鼠去，没错。"

火箭。月球。这些词搅动着灰色小老鼠的脑子，他蜷缩在冰箱下的一盘奶酪旁边，在阴影中隐藏身形。他几乎想起来了——几乎。

教授的脚步离开了，米奇转向奶酪。但他仍听着周围的动静，带着他无法理解的不安。拿起话筒的声音之后，教授说出了一个数字。

"是哈特福德实验室？我是奥博伯格教授。我需要些老鼠。等下，不，一只老鼠就行。一只老鼠……什么？是的，一只小白鼠就可以。颜色，颜色不重要。就算是一只紫老鼠也行……啊？不，不，我知道你们没有紫老鼠。我刚才只是在开玩笑，呃……什么时候要？不着急。大约一周之内送到就可以。你们方便的时候就送一只老鼠过来，好吧？"

话筒放下，咔嗒一声。

冰箱下的小老鼠头脑中也咔嗒一声。米奇不再啃奶酪，而是看着它。他想起用来描述这东西的单词了：奶酪。

他非常轻声地对自己说："奶酪。"发音介于老鼠的吱吱声和单词的正常发音之间，因为那些来自普瑞希尔星球的外星人赋予他的声带已经太久没用了，但下一次发音听起来就好些了。

"奶酪。"他说。

然后，他想都没想就说出了更多的词："这是奶酪。"

这让他有点儿害怕，所以他赶紧跑回洞里，回到墙里面令人安心的黑暗之中。然后这里也变得有点儿可怕，因为他也想起了用来描述这种情况的词："墙。藏在墙后面。"

这些事不再只是他脑海中的画面。每件事都有个声音代表它的意义。这令他感到迷惑，而且越想越混乱。

教授的屋外漆黑一片，墙壁里面也漆黑一片。但教授的工作室里有明亮的灯光。而当米奇从阴影遮蔽的有利位置观察外界时，他脑海中的昏暗也被照亮了。

工作台上有个闪亮的金属圆柱体——米奇以前见过。他也知道用来描述这东西的词：火箭。

还有那个在工作台上面干活的笨重的大型生物，他一边干活，一边不停地自言自语……

米奇差点儿就喊出了"教授"！

但老鼠天性中的谨慎让他保持沉默，听着教授说话。

米奇的记忆现在像滚下坡的雪球一样快速增加。随着教授说话，词语和对应的意义飞快地在米奇的脑子里恢复。

记忆就像变幻不定的拼图的轮廓，一块接一块，逐渐组成了一幅连贯的画面。

"给老鼠的火箭加装了液压减震器，所以老鼠可以轻轻地安全着陆。而短波无线电会告诉我他有没有在月球的大气层中活下来……"

"大气层。"教授的声音中带着轻蔑，"那些傻瓜说月球没有大气层。只是因为观测器……"

但与米奇小小的头脑中不断增长的怨恨相比，教授声音中的轻微怨恨根本算不了什么。

米奇现在又是有名字、会思考的米奇了。他的记忆完好无损，只是有点儿混乱和不稳定。他想起了自己对"老鼠国度"[64]的梦想以及一切。

他想起了自己回来之后第一眼看到米妮的时刻，想起了他踩到通了电的锡箔纸上被击昏过去的时刻，想起了那电流摧毁了他所有的梦想。陷阱！那是一个陷阱！

教授背叛了他，设下陷阱让他遭受电击，教授要摧毁他的智力，甚至可能想杀死他，只为了保护那个庞大蠢笨的人类种族的利益，避免与有智慧的老鼠竞争！

啊，是的，教授是个精明人，米奇痛苦地想。米奇现在很高兴之前他想要喊出"教授"时，没有真的喊出来。教授是他的敌人！

孤身在黑暗中，他知道自己必须开始工作。当然，米妮是第一个目标。他需要建造一台 X–19 射线放射仪，那是普瑞希尔星人教会他如何制作的，用来提高米妮的智力水平。然后他俩就可以……

没有教授的帮助，又要秘密工作不能被发现，要制造那台机器会很难。但也许……

工作台下面的地板上扔着一截电线。米奇看到了，他明亮的小眼睛闪闪发光，胡须抽动起来。他耐心地等到奥博伯

---

64 | "老鼠国度"原文为"Moustralia"，是与"澳大利亚"（Australia）读音相近的生造词。

格教授的目光看向别处的时候，安静无声地跑向电线，用嘴叼着电线，急忙跑回墙上的洞里。

教授没看到他。

"至于那个超声波发射器……"

米奇带着那截电线，安全回到了黑暗中。一个成功的开始！他需要更多电线和一个固定式电容器，教授肯定有。手电筒的电池很难搞到，他得在教授睡着的时候把手电筒滚到地板上，还有其他东西。他需要几天时间，但时间又算什么呢？

那天晚上教授工作到很晚，很晚。

但工作室最终还是进入了黑暗。黑暗降临，一只非常忙碌的小老鼠出动了。

第二天早晨，阳光明媚，门铃声响了。

"有个包裹，收件人是……呃，奥博伯格教授。"

"嗯？是什么东西？"

"不知道。是哈特福德实验室寄来的，他们说要小心运送。"

包装上有呼吸孔。

"哦，是老鼠。"

教授签收包裹，将其拎进工作室，打开了木头笼子。

"啊，一只小白鼠。小老鼠，你要去很远很远的地方了。该给你起个什么名字呢？小白[65]，怎么样？你想来点儿奶酪

65丨教授给小白鼠起的名字，原文是带口音的"Vhitey"，原本的词是"Whitey"，通常是黑人对白人的蔑称，这里译为"小白"。

吗，小白？"

　　是的，小白想要来点儿奶酪。他是一只油光水滑、整洁漂亮的小老鼠，长着一双间距很近、又圆又亮的小眼睛，还有非比寻常的胡须。如果你能想象出一只老鼠傲慢的样子，小白就是那样。他是那种城里狡猾的老鼠，实验室里的纯血统贵族，以前从未尝过奶酪。他以前吃的都是富含维生素的健康食物，食谱里没有奶酪这种日常的平民食物。

　　但他尝了一口，发现是卡门贝尔奶酪，这即使对纯血统贵族来说也够好了。他当然想来点儿奶酪。他吃得很细致，以一种有教养的姿态小口咬着。如果老鼠会微笑的话，他现在也会微笑的。

　　因为一个人可以微笑，一直微笑，同时又是一个恶棍。

　　"现在，小白，你看，我把拾音器放在你的笼子旁边，确定它会收到你吃东西时发出的咀嚼声并传给扬声器。来，我调一下……"

　　角落桌子上的扬声器发出大得吓人的咀嚼声，把老鼠吃奶酪的声音放大了 1000 倍。

　　"好，调好了。你看，小白，我给你解释一下——火箭在月球上登陆时，舱门会打开。但是你这时还出不去。火箭上有一层轻木隔板。你能咬穿隔板，要想出去就得咬穿它。如果你还活着，明白吗？

　　"你啃咬的声音会传给拾音器，再用短波发送出来。这个短波发送器是一直开着的，明白吗？所以当火箭着陆时，我就会监听接收到的声音。如果我听到了你啃咬的声音，我就知道你活着着陆了。"

如果小白能听懂教授说的话，他很可能会感到忧虑，但他当然听不懂。他带着幸福的、目空一切的冷漠，啃着卡门贝尔奶酪。

"这也会让我知道我对月球大气层的看法是不是正确的，小白。当火箭着陆，舱门打开时，飞船自身的空气供应就会关闭。除非月球上有空气，不然你只能活 5 分钟或者更短的时间。

"如果你继续啃咬，那就证明月球上有大气层。那些天文学家和他们的光谱仪都是蠢货，他们没能从光谱分析中去掉莱布尼茨折射的影响，知道吗？"

收音扬声器的振膜不停振动，发出咀嚼奶酪的声音。

是的，拾音器工作正常，非常棒。

"现在把它安装到火箭上……"

过了一天，一夜。又一天，又一夜。

一个男人在忙着制造火箭，在他身后的墙里，有一只老鼠比他更努力地工作，要制造一台尺寸更小但几乎同样复杂的仪器。X-19 射线放射仪可以提升老鼠的智力。从米妮开始。

一根偷来的铅笔芯被改造成了线圈——石墨芯线圈。石墨芯的另一端连接着偷来的电容器，其精确容量控制到了误差不超过一微法的等级，电容器还连接着另一根电线——但就连米奇也不明白这根线是干什么用的。他脑子里有一张蓝图，告诉他该怎么制作这台仪器，但他不知道这台仪器生效的原理。

"现在要安装手电筒的干电池，我偷来的干电池……"没错，米奇工作的时候也会不停地自言自语。但声音要轻，不能被教授听到。

墙壁之外的房间里传来带有低沉喉音的说话声："现在把拾音器放进火箭舱……"

人鼠之间，很难说两者谁更忙。

米奇先完成了。这台小小的X-19射线放射仪看起来算不上美观，事实上，它是用电工废料堆里的核心零件组装起来的。它绝对不像墙壁外房间里的火箭那样有闪闪发光的流线型外观，倒是看起来更有鲁布·戈德堡[66]的风格。

但它会有效果。它的每一个核心细节都符合要求，这是米奇从普瑞希尔星的科学家们那里学到的。

最后一根电线，成了。

"现在要让我的米妮来……"

米妮蜷缩在房子最远的角落里，尽可能远离那些对她的脑子产生怪异影响的奇怪的神经振动。

米奇走近的时候，她的眼神里是恐慌。纯粹的恐慌。

"我的米妮，没什么可怕的。你必须走进我的放射仪，然后——然后你就会变成一只聪明的老鼠，我的米妮。你会

---

66 | 鲁布·戈德堡（Rube Goldberg）是美国漫画家，以画作中的机械装置闻名，这种装置通常会用极为复杂、迂回、荒谬的方式完成一个简单的任务。

说一口流利的英语，就像我一样。"

这几天来，她一直很困惑，很担心。她的伴侣举止怪异，发出奇怪的声音，完全不是正常老鼠的吱吱声，这吓到了她。现在他又来对她发出那些奇怪的声音了。

"我的米妮，没关系。你必须靠近那台机器，你很快就能说话了。几乎和我一样，米妮。是的，普瑞希尔对我的声带做了一些改造，所以我的声音更好听了，但是就算没有改造，你也能……"

米奇试图轻轻地挤到她身后，把她推出那个角落，推向隔壁房间墙壁后面的那台机器。

米妮尖叫了一声就跑了。

但可惜的是，她只朝着那台放射仪的方向跑了几英尺，然后就转了个直角弯，跑出了踢脚板上的洞口。她飞快地穿过厨房地板，穿过厨房纱门上的一个洞，跑到外面，躲进了院子里很久没修剪的高草丛中。

"米妮！我的米妮！回来！"米奇跑在她身后追她，但已经太晚了。

在一英尺高的杂草丛中，他彻底跟丢了她，一点线索都没有。

"米妮！米妮！"

唉，可怜的米奇。如果他能记得她还只是一只老鼠，不喊她而是吱吱地叫她，她也许就会从藏身之处出来了。

米奇悲哀地返回，关上了 X–19 射线放射仪。

一会儿，等她回来的时候——如果她回来的话，他会想办法解决的。

也许他可以在她睡着的时候把放射仪移到她附近。为了保险起见，还可以先把她的脚绑起来，这样万一她被神经振动惊醒的话……

晚上了，米妮没回来。米奇叹了口气，继续等待。

墙外，传来教授低沉的声音。

"哎呀，连面包都没了。食物都吃光了，现在我得去商店买东西了。食物，真是太麻烦了，明明有重要的事情要做，却还是必须得吃东西。但是，哎呀，我的帽子哪儿去了？"

开门、关门的声音传来。

米奇蹑手蹑脚地出了洞。这是在车间里四处找东西的好机会，他找到了一根足够柔软的细绳，准备用来绑米妮娇嫩的小脚。

很好，外面的灯亮着，而教授出去了。米奇快步跑到房间中央，环顾四周。

火箭就在那里，以米奇看来，它已经完工了。可能现在教授在等待适当的时机来发射它。一面墙边摆着无线电设备，当火箭在月球着陆时，这些设备会接收火箭自动发送的广播。

火箭横放在桌子上。一个美丽而闪亮的圆柱体——如果教授的计算正确的话，它将是第一个到达月球的地球物体。

米奇注视着它，不由得屏住了呼吸。

"很漂亮，是吧？"

米奇吓得跳了起来。那不是教授的声音！是一种奇怪的、吱吱响的、刺耳的声音，与人类的嗓音相比，整整高了8度。

一声尖锐的笑声后，那个声音说："我吓到你了吗？"

米奇又转了一圈，这次他确定了声音的来源。是桌子上的木头笼子。里面有个白色的东西。

一只白色的爪子从笼门的间隙中伸出来，打开门闩，一只白老鼠走了出来。他的眼睛又小又亮，略带轻蔑地低头看着下方地板上的灰色小老鼠。

"你就是教授一直提起的那个米奇吧？"

"是的，"米奇惊讶地说，"而你是……哦，我明白是怎么回事了。X-19射线放射仪。它在墙里的位置，就在你的笼子外侧的方向。而且，像我一样，你从教授那里学会了说英语。你叫什么名字？"

"小白，教授叫我小白。这个名字我可以接受。X-19射线放射仪是什么，米奇？"

米奇告诉了他。

"嗯，"小白说，"我看这东西有潜力，很大的潜力。比一次月球旅行要好得多。你准备怎么用这个放射仪？"

米奇告诉了他。小白又圆又亮的眼睛变得越来越圆，越来越亮。但米奇没有注意到这一点。

"如果你不想去月球，"米奇说，"那就下来吧。我会告诉你墙壁里哪里可以躲藏。"

"现在还不是时候，米奇。你看，明天黎明时火箭才起飞。不用着急。很快，教授就回家了。他工作的时候说了些东西，我听到了。我知道了更多事。而且他会在黎明前睡觉。我会在那时候逃出来。这很容易。"

米奇点点头。"很聪明的计划。但是不要相信教授。如果让他知道你现在变聪明了，他要么会杀了你，要么会确保你逃不掉。他害怕聪明的老鼠。啊，教授的脚步声。回你的笼子里去。小心一点。"

米奇急忙朝老鼠洞跑去，然后想起了那根细绳，急忙跑回来拿它。奥博伯格教授走进房间时，他的尾巴尖刚好消失在洞里。

"奶酪，小白。我给你带了奶酪，火箭舱里也放些奶酪，让你在路上吃。你是一只乖乖的小老鼠吧，小白？"

"吱。"

教授朝笼子里看了看。

"我差点儿以为你是在回答我的话，小白。你回答了，是不是？"

沉默。木头笼子里只有深深的沉默……

米奇在等待，继续等待。米妮还是没回来。

"她就躲在院子里。"他安慰自己说，"她知道在有光亮的时候进房间是危险的。等到黑暗降临时……"

黑暗降临了。米妮没回来。

现在外面和墙壁里一样漆黑。米奇偷偷走到厨房门前，确保门开着，而且纱门底部的那个洞还在。

他从那个洞里把头伸出去，喊道："米妮！我的米妮！"然后他想起她不会说英语，于是就改用老鼠的吱吱叫呼唤她。

但他只敢小声喊，这样隔壁房间里的教授就不会听到他的声音了。

没有应答。米妮仍杳无音讯。

米奇叹了口气，从厨房的一个黑暗角落跑到另一个黑暗角落，直到他回到安全的老鼠洞。

他在洞里等着。一直等着。

他的眼皮变沉了，垂了下来。他睡着了，睡得很沉。

什么东西碰了他一下，把他弄醒了，他吓得跳了起来。他发现是小白叫醒了他。

"嘘，"白老鼠说，"教授睡着了。现在已经快黎明了，他的闹钟再过一小时就要响了。然后他就会发现我逃跑了。他可能会想抓一只老鼠来代替我，所以我们必须躲起来，不能出去。"

米奇点点头，"你很聪明，小白。但是我的米妮！她还……"

"我们无能为力，米奇。等等，在我们躲起来之前，让我看看 X-19 射线放射仪，看看它是怎么工作的。"

"我给你简单看一下，然后我会在教授醒来之前去找米妮。仪器就在这里。"

米奇给他看了。

"米奇，要怎么才能降低仪器的效果，让其他老鼠变聪明但不要像我们这么聪明？"

"像这样，"米奇说，"但是为什么要这么做呢？"

小白耸耸肩。"我只是好奇。米奇，教授给了我一种非常特别的奶酪。一个新品种，我给你带了一小块来尝尝。把它吃了吧，然后我会帮你找到米妮。我们还有差不多一个小时。"

米奇尝了尝奶酪。"这不是新品种。是林堡奶酪[67]。但有一种非常奇怪的味道，哪怕对林堡奶酪来说也太怪了。"

"你更喜欢哪一种？"

"我不知道，小白。我想我不喜欢……"

"这是需要后天养成的好品味，米奇。非常美味。把它都吃了吧，你会喜欢上它的。"

因此，为了保持礼貌和避免争吵，米奇把剩下的奶酪都吃了。

"还不错，"他说，"现在我们去找米妮吧。"

但他的眼睛睁不开了，他打了个哈欠，用尽力气走到老鼠洞的洞口前。

"小白，我必须休息一分钟。你能不能在大约五分钟后叫醒我……"

但他还没来得及说完这句话，就已经睡着了，睡得很沉，比以前任何一次都睡得更沉。

小白咧嘴一笑，变成了一只非常忙碌的小老鼠。

闹钟的铃声响起。

奥博伯格教授迷迷糊糊地睁开眼睛，想起了现在要做什么，急忙起了床。还剩不到半个小时，就是发射的时间了。

---

67 | 林堡奶酪（Limburger）是一种原产于德国的软质奶酪，是气味最浓郁的奶酪之一。

他走到屋后，检查发射架。发射架情况正常，火箭也没问题。当然，除了舱门还开着之外。在最后一刻之前，把老鼠放进去是没有用的。

他又进了屋，把火箭搬出来，放到发射架上。他非常小心地把火箭放置到位，然后检查启动按钮。一切都没问题。

还剩 10 分钟。该把老鼠放进来了。

小白鼠在木头笼子里睡得很熟。

奥博伯格教授小心翼翼地把手伸到笼子里。"啊，小白。现在该开始你的漫长旅程了。可怜的小老鼠，我本来也不想叫醒你，但我也没办法。你多睡一会儿吧，直到起飞时的震动把你弄醒。"

轻柔地，非常轻柔地，他把睡梦中的小老鼠拿到院子里，放到火箭舱门里。

三扇门依次关闭。首先是内部舱门，然后是轻木门，最后是外舱门。当火箭着陆时，除了轻木门之外的所有舱门都会自动打开。拾音器会把老鼠啃咬轻木门的声音用无线电发送给地球。

如果月球上真的有大气层的话。如果这只老鼠……

教授的眼睛盯着手表的分针，等待着。然后是秒针。时间到了……

他的手指按下了精确延时启动按钮，然后跑进了房子。

轰隆！

火箭在空中飞过的轨迹留下了一道火痕。

"再见，小白。可怜的小老鼠。但总有一天你会变得很出名。几乎像我的明星小老鼠米奇一样出名，等到我发表报告的时候……"

现在该写火箭发射笔记了。

教授伸手去拿笔，这时他瞥见了自己的手掌心，那只抓过老鼠的手掌心。

掌心变成了白色，他十分困惑，在灯光下近距离地仔细观察。

"白色颜料。我是在哪儿蹭到了白色颜料？我有一些白色颜料，但我没有用过。火箭上没有白色颜料，房间或者院子里也都没有……

"是老鼠？小白？我倒是用这只手拿过他。但是为什么实验室会给我送来一只涂成白色的老鼠呢？我告诉过他们，什么颜色的老鼠都可以……"

然后教授耸耸肩，去洗手了。这件事令人费解，非常令人费解，但它其实并不重要。不过实验室到底为什么要这么做呢？

火箭轰鸣着升空，飞向月球，一去不返，船舱里一片黑暗。

下了麻药的林堡奶酪。

黑暗的背叛。

白色的颜料。

唉，可怜的米奇！飞往月球，却没有返程票。

到了晚上，哈特福德一直在下雨。教授在望远镜里看不到火箭了。

但火箭正在向着月球飞行，而且动力强劲。

无线电拾音器告诉了他这一点。喷气推进系统的轰鸣声太大了，他没法判断火箭里的老鼠是否还活着。但他很可能还活着，米奇不就在前往普瑞希尔星球的旅途中幸存下来了吗？

最后，他关了灯，坐在椅子上想打个盹儿。也许等到他醒来的时候，雨就已经停了。

他困得直点头，闭上了眼睛。过了一会儿，他梦见自己又睁开了眼。他知道自己在做梦，因为他看到的东西不可能是现实。

4个小白点从门口走过来，在房间的地板上移动。

那4个小白点本来有可能是老鼠，但不可能，除非是梦境中的老鼠——因为他们像军队一样整齐地移动着，排成一个精确的矩形。几乎就像士兵一样。

然后有一个声音响起，太小了他听不清，4个白点听到声音后突然排成一列，以精确的间距一个接一个地走向踢脚板，消失了。

教授醒了，他笑了笑。

"这个梦太怪了！我入睡时想着那只白色老鼠和我手上的白色颜料，结果就梦到……"

他伸了个懒腰，打了个哈欠，站起身来。

但房间的踢脚板处又出现了一个小白点，一个白色的东西。然后又出现了另一个。教授眨着眼睛看着他们。难道我现在是在站着做梦吗？

一阵刮擦声响起，有什么东西被推着走过地板。前两个白点离开墙边，后面又出现了两个。他们又排成了矩形，开始在地板上朝门口走去。

刮擦声继续传来。似乎就像这4个白点——是小白鼠吗——正在移动什么东西，两个在前面拉，两个在后面推。

但这想法太愚蠢了。

他伸手到旁边去摸灯的开关，按了一下。灯光一时晃花了他的眼睛。

"停下！"一个高亢、尖锐、威严的声音说。

教授现在能看清东西了，是4只小白鼠。他们确实在移动什么东西——一个奇怪的小装置，装置的核心部分看起来是他的铅笔式手电筒的一节电池。

3只老鼠正在拼命移动那东西，第4只老鼠站在教授和那个奇怪的装置之间。他拿着什么东西，似乎是一根小管子，指向教授的脸。

"你要是敢动。我就杀了你！"拿着小管子的老鼠尖声叫道。

教授一动不动，并不完全是因为来自那根管子的威胁，他只是太吃惊了，一时僵住了。拿着管子的老鼠是小白吗？看起来像，但这些白老鼠看起来都像小白，而且说起来，小白应该正在前往月球的旅途中。

"但是什么……是谁……为什么？"

那3只老鼠现在已经带着他们所移动的那个东西从纱门的洞里出去了。第4只老鼠跟在他们后面。

就在走出纱门前，他停了一下。

"你真是个蠢货，教授，"他说，"所有人类都是蠢货。我们老鼠会搞定你们的。"

说完，他扔下管子，从洞里出去了。

教授慢慢走过去，捡起了白老鼠扔下的武器。是一根火柴棍。根本不是管子或者武器，只是一根烧过的安全火柴。

教授说："但是怎么会……为什么？"

他像被火烫到手一样突然扔掉了火柴，拿出一块大手帕擦了擦额头上的汗。

"但是怎么会……为什么？"

他站在那里，似乎过了很久，然后慢慢走到冰箱前，打开了冰箱。冰箱最里面的角落有一个瓶子。

教授其实是个绝对禁酒主义者，但有时候，即使一个严格禁酒的人也需要喝点酒。现在就是这种时候。

他倒了一杯烈酒。

晚上，哈特福德在下雨。

哈特福德实验室的看门人老迈克·克利里也在喝酒。在这样的天气里，一个长期患有严重风湿病的人在雨中巡视过院子之后，确实需要喝点酒暖暖身子。

"一个美好的夜晚，如果你是鸭子的话。"他说。因为那杯酒并不是今晚的第一杯了，他为自己的机智笑了起来。

他继续走进三号楼，穿过化学药品储藏室、仪表室、发货室。他的提灯在他身边摇晃，在他身前投射出怪诞的影子。

但这些影子并没有使迈克·克利里害怕。他一直在这座大楼里与影子同行，已经10年了。

他打开实验动物饲养室的门，然后把大门敞开着，走进去查看。"我的天啊，"他说，"到底发生了什么事？"

两个最大的装白鼠的笼门都开着，完全敞开。2小时前，他上一轮巡视这里时，笼门还没有开。他高举起灯，朝笼子里看去。两个笼子都空了，里面一只老鼠也没有。

迈克·克利里叹了口气。当然，他们会说这是他的责任。

好吧，随他们去吧。几只小白鼠不值什么钱，就算从他的工资里扣也没关系。行吧，如果他们认为这是他的错，就让他们扣钱好了。

"威廉姆斯先生，"他准备这样对老板说，"我第一次巡视的时候，那些笼门是关着的，我第二次巡视的时候门就开了。我早说过那些笼子上的门闩毫无用处，根本关不住。但如果你觉得是我的错，那我道歉，把那些老鼠的钱从我工资里扣……"

身后传来一个小小的声音，他猛地转身。

房间的角落里有一只白老鼠，或者说是一个看起来像白老鼠的东西。他穿着衬衫和裤子，而且……

"神灵在上，"迈克·克利里说，他的语气几乎可以说是虔诚的，"难道我是因为酒精脱瘾性谵妄而出现幻觉了吗……"

他突然想到了另一个可能："或者，不好意思，请问，你是那种传说里的小矮人吗？是不是？"

他用颤抖的手把自己的帽子抓了下来。

"蠢货！"白老鼠说。然后，他像一道闪电一样飞快地消失了。

迈克·克利里的额头冒出了汗，后背和腋下的汗水也往下淌。

"是幻觉，"他说，"哎呀，我喝出幻觉了！"

非常不合逻辑的是，虽然他现在坚信这是酒精引起的幻觉，但他还是从屁股后面的口袋里拿出小酒壶，一口喝光了里面剩下的酒。

黑暗，震耳欲聋的轰鸣声。

轰鸣声突然停止，反倒把米奇吵醒了。他醒来时发现自己身处密闭空间，周围漆黑一片，一点光都没有。他的头很痛，肚子也很痛。

然后，他突然明白自己身在何处了。在火箭里！

喷气推进系统已经停止运行了，这意味着他已经越过了飞行动力界限，正在坠落，向月球坠落。

但怎么会……为什么？

他想起无线电拾音器会向教授的超短波接收器放送来自火箭的声音，于是他绝望地喊道："教授！奥博伯格教授！救命！我是……"

然后另一个声音盖过了他的声音。

呼啸的声音，尖锐的声音。只有一个可能，就是火箭穿过大气层时与空气摩擦发出的声音。

是月亮上有大气层吗？教授是对的，天文学家是错的？或者是火箭落回了地球？

无论如何，现在火箭尾翼振动的声音在变小，火箭正在减速而非加速。

突然的减速几乎把他肺里的气都给压出来了。降落伞正在打开。如果它们能……

咔嚓！

米奇又被一片漆黑笼罩了，他脑子里也一片漆黑。他在黑暗中昏过去了。两层舱门依次打开，光线从轻木门的木条之间透进来，但米奇没看到。

然后他醒了过来，呻吟着。

他的眼神先是聚焦在木条上，然后穿过木条看出去。

"月亮。"他低声说。他伸爪穿过轻木门的木条，打开门闩。他带着畏惧把灰色的小鼻子伸出门外，查看周围的情况。

什么事都没有。

他把头缩回来，转身面向拾音器说话。

"教授！你能听到我说话吗，教授？是我，米奇。那个小白，他欺骗了我们。我身上都是白色颜料，我知道发生什么事了。你一定没有跟他合谋，否则就用不着白色颜料了。

"是背叛，教授！我被自己的同类——一只老鼠出卖了。那个小白，教授，他现在拿到了 X-19 射线放射仪！我担心他在计划什么坏事。一定是坏事，否则他会告诉我的，是吧？"

然后米奇又沉默了，他在严肃地思考。

"教授，我一定要回地球。不是为了我自己，是为了阻止小白！也许你能帮我。你看，我想我可以把这里的发送器改成接收器。这应该很容易，接收器结构更简单，是吧？而你也可以很快制作一个像这样的超短波发送器。

"好，我现在就开始做。再见，教授。我要拆电线了。"

"米奇，你能听到我说话吗，米奇？

"米奇，听我说，我正在给你指示，而且会在一段时间内保持每半小时重复一次，以防你一开始没听到。

"首先，当你听到指示后，请断开安全电源。你需要用到电池中剩下的所有电量才能再次起飞。所以不要再发送广播了。也不要回答我。

"关于起飞角度和轨迹计算的事稍后再跟你说。首先，检查一下火箭的燃料还剩下多少。我准备的燃料量超过飞行所需，我觉得剩下的那些应该够让你回来了，因为月球的重力更低，从月球出发到地球所需的能量比从地球到月球要少得多。另外……"

教授一遍又一遍地重复这些话。还有一些没解决的问题，有些事只靠他自己没法确定该怎么办，但米奇也许能找到答案。

他一遍又一遍地重复着如何调整火箭，如何确定起飞角度和起飞时机。起飞前需要做的事情都说了，除了米奇该如何才能移动火箭到合适的角度，如何让它向着地球起飞。

但教授知道，米奇是一只聪明的老鼠。也许他能找到办法用杠杆来调整火箭的方向——如果他能找到杠杆的话……

教授重复了一遍又一遍，直到深夜，直到他的声音因疲劳而变得沙哑，直到最后，在第 19 次重复到一半的时候，他睡着了。

他醒来时，阳光明亮，架子上的时钟正好敲响 11 点。他站起来，拉伸僵硬的肌肉，然后又坐下，身体前倾，向着麦克风。

"米奇，你能……"

但没用了，现在再重复也没用了。除非米奇在昨天晚上听到了他发送的某一段播音。现在为时已晚了。如果米奇一直没有断开电源的话，他的电池——火箭的电池——现在应该已经耗尽了。

现在没有他能做的事了，除了等并期待。

期待是艰难的，等待更为艰难。

夜晚。白天。夜晚。日日夜夜，直到过了一星期。还是没有米奇的消息。

和上次一样，教授又用捕鼠笼抓住了米妮。再一次，和上次一样，他妥善地照顾着她。

"我的米妮，也许很快你的米奇就会回到我们身边。

"但是米妮，为什么你还是没法像他一样说话呢？如果他制造了一台 X-19 射线放射仪，他为什么没有把它用在你身上？我不明白。为什么呢？"

但米妮没有告诉他原因，因为她也不明白。她疑惑地看着教授，听他说话，但她自己没说话。直到米奇回来，他才搞清楚米妮不说话的原因。然而矛盾的是，他会得知这个原因，只是因为米奇还没有时间弄掉自己身上的白色颜料。

米奇在地球上着陆时还算平安。着陆后他还能从火箭里爬出来，过一会儿之后就能走路了。

但着陆点在宾夕法尼亚，他花了两天时间才回到哈特福德。当然，不是靠步行。他躲在一个加油站里等着，直到有一辆康涅狄格州牌照的卡车来加油。卡车加完油出发的时候，米奇已经上车了。

步行最后几英里之后，他终于说话了："教授！是我，米奇。"

"米奇！我的米奇！我几乎放弃希望，以为再也见不到你了。告诉我你是怎么……"

"等等，教授，之后我会告诉你一切，之后再说。首先，米妮在哪儿？你找到她了吗？她之前跑丢了……"

"她在笼子里，米奇。我帮你确保了她的安全。现在我可以放她出来了，是吧？"

教授打开了铁丝笼子的门。米妮犹豫着走了出来。

"主人。"她说。她是看着米奇说的。

"什么？"

她重复说："主人。你是一只白老鼠。我是你的奴隶。"

"什么？"米奇又问了一次，他看着教授说，"怎么回事？她说话了，但是……"

教授的眼睛睁得很大。"我也不知道，米奇。她从来没跟我说过话，我都不知道她——等等，她说起了白老鼠。也许她……"

"米妮，"米奇说，"你不认识我了吗？"

"你是一只白老鼠，主人。所以我对你说话。我们不准说话，除非是对白老鼠说话。所以，直到现在我才说话。"

"谁？米妮，谁除了对白老鼠之外不准说话？"

"我们这些灰老鼠，主人。"

米奇转向奥博伯格教授："教授，我想我开始搞清楚了。这比我预想的更糟糕——米妮，灰老鼠要为白老鼠做点什么吗？"

"什么事都可以，主人。我们是你们的奴隶，你们的劳工，你们的士兵。我们要服从皇帝，还有所有其他白老鼠的命令。首先，他们教会了所有灰老鼠如何工作和战斗。然后……"

"等下，米妮。我有一个主意。2 加 2 得几？"

"4，主人。"

"13 加 12 得多少？"

"我不知道，主人。"

米奇点头。"回笼子里去。"

他再次转向教授："你明白了吧？她变聪明了一点，但不太多。他控制了灰老鼠的智力水平。他的智力水平是 0.2 级别，所以他比其他白老鼠要稍微聪明一点，而要比普通的灰老鼠聪明很多。那些白老鼠让灰老鼠充当士兵和劳工。这很邪恶，对吧？"

"这太邪恶了，米奇。我——我从没想到老鼠也会如此卑鄙——像有些人类一样卑鄙，米奇。"

"教授，我为我的同类感到羞耻。我现在明白了，我
关于建立老鼠国度的想法，还有人类和老鼠能和平相处的想
法——都只是不切实际的梦想。我错了，教授。但没有时间
去考虑梦想的事了，我们必须马上行动！"

"怎么行动，米奇？我要不要打电话给警察，让他们
逮捕……"

"不。人类无法阻止他们，教授。老鼠可以躲避人类的
追捕。他们一生都在躲避人类的追捕。就算 100 万个警察、
100 万个士兵也找不到小白。我必须自己去找他。"

"米奇，你自己去？"

"我自己成功从月球回来了，教授。我和他一样聪明——
我是唯一和小白一样聪明的老鼠。"

"但是他身边还有别的白老鼠。他可能有警卫。你一个
人能做什么呢？"

"我可以找到那台仪器。X-19 射线放射仪，用来提升
老鼠智力的仪器。你明白吗？"

"但是，米奇，你能用那台仪器做什么呢？他们
已经……"

"我可以让它短路，教授。剥掉两根电线的表皮，搭在
一起，让仪器短路，它会一瞬间失灵，并让距离它一英里之
内的所有人工提升的智力恢复原本的正常状态。"

"但是，米奇，你也在那里。这会毁了你自己的智力。
你愿意这么做吗？"

"我愿意，我会去这么做。为了世界，为了和平。但是也许我还有一张秘密王牌。也许我有办法恢复智力。"

"怎么做，米奇？"

不起眼的小个子男人低头面对一只身上涂了白色颜料的小灰老鼠，两人讨论着崇高的英雄行为和全世界的命运。

两人都没发觉这很可笑——不过这真的可笑吗？

"怎么做，米奇？"

"首先，我要把自己身上重新刷满白色颜料。这样我就可以骗过他们，安全通过警卫。我想，小白的基地会在哈特福德实验室或者那附近——小白就来自那个实验室。他一定在那里找了其他白老鼠和他一起做事。

"第二，在我离开这里之前，我会再做一台放射仪，并把米妮的智力提高到我的水平，并教她如何操作仪器，明白吗？

"当我在实验室那边让仪器短路，失去了智力之后，我还是拥有之前正常的智力和本能，我认为这会让我回到这里，来找我的家和米妮！"

教授点头："非常棒，实验室离这里有 3 英里远，仪器短路的效果不会影响到米妮，这样等你回来之后她就能让你再获得智力，是吧？"

"是的。我需要电线，你手头质量最好的电线，还有……"

这一次，制造放射仪的过程非常快。这次米奇有专家助手，他需要什么东西都可以直接要，而不用在黑暗里偷了。

他们工作时，教授想起了一件事。"米奇！"他突然说，

"你登上了月球！我差点儿忘了问你。月球上是什么样的？"

"教授，我太担心自己没法回地球了，我没有注意月球是什么样。我忘了看！"

仪器最后的连接工作，米奇坚持要自己做。

"不是我不相信你，教授，"他认真地解释，"但我对教我制造这台仪器的普瑞希尔星的科学家承诺过要保密。而且我自己也不知道它是如何生效的，而你也无法理解。它超越了地球人和老鼠的科学范畴。但我承诺过，所以最后的连接工序我要自己独立完成。"

"我理解，米奇。没问题。但是，另外那台放射仪，你准备让它短路的那台，会不会有人找到它，把短路的地方修好？"

米奇摇了摇头。

"不可能。它一旦短路就会毁坏，没有人能搞清楚如何让它再生效。就算是你也做不到，教授。"

仪器在笼子附近——现在笼子门又关上了，米妮在里面等着。

接上最后一根线，按下开关。

米妮的眼神渐渐变得有智慧了。

米奇用很快的语速向她解释，告诉她现在的状况和接下来的计划……

哈特福德实验室主楼的地板下一片黑暗，但米奇的眼神很好，从地板上的几条小缝透进来的那点光线足够让他看清周围了。刚刚拦住他的那只老鼠是一只白老鼠，手里拿着一根短棍。

"谁？"

"我，"米奇说，"我刚从楼上那个该死的笼子里逃出来。你们在找老鼠帮忙？"

"酷！"白老鼠说，"我会带你去见老鼠皇帝。老鼠皇帝制造了机器，让你获得了智力，你要向皇帝效忠。"

"老鼠皇帝是谁？"米奇用天真的语气问。

"小白一世。白老鼠的皇帝。白老鼠是所有老鼠的统治者，未来还将统治全……算了，等你宣誓效忠的时候，你就什么都知道了。"

"你说到一台机器，"米奇说，"是什么机器，在哪里？"

"在白鼠党总部，我现在带你去。这边走。"

米奇跟着白老鼠走。

他一边走，一边问："我们这种聪明的白老鼠有多少？"

"你是第 21 只。"

"之前的 20 只都在这里吗？"

"是的，我们正在训练灰老鼠奴隶军团，他们将为我们工作，为我们而战。现在已经有 100 只了。他们住在军营。"

"军营离总部有多远？"

"10 码，也许 15 码。"

"真是太棒了。"米奇说。

走过通道的最后一个转弯时，机器出现在米奇眼前，小白也在那里。其他小白鼠围着他站成一个半圆，听他训话。

"……我们接下来的任务是……警卫，这是谁？"

"一个新来的，陛下。他刚逃出来，要加入我们。"

"很好，"小白说，"我们正在讨论征服世界的计划，但我们可以先办完你宣誓效忠的仪式后再继续。站在机器旁，一只手按在那个圆柱体上，另一只手举向我，手掌向前。"

"是，陛下。"米奇说，然后他绕过白老鼠站成的半圆朝机器走去。

"对。"小白说，"手再举高一点。就这样。现在跟我重复：白老鼠将统治世界。"

"白老鼠将统治世界。"

"灰老鼠，以及包括人类在内的所有生物，都将成为白老鼠的奴隶。"

"灰老鼠，以及包括人类在内的所有生物，都将成为白老鼠的奴隶。"

"那些反对的人将被处以酷刑和处决。"

"那些反对的人将被处以酷刑和处决。"

"小白一世将统治一切。"

"你想得美。"米奇说，然后他把手伸进 X-19 射线放射仪的那堆电线里，把其中两根碰到一起……

教授和米妮在等待。教授坐在椅子上，米妮在桌子上，身边是米奇离开前制作的那台放射仪。

"3 小时 20 分钟了，"教授说，"米妮，你觉得会不会是出了什么问题？"

"我希望不会出问题，教授……教授，老鼠获得智慧后会更开心吗？又或者有智力的老鼠会更不开心？"

"你不开心吗，我的米妮？"

"还有米奇，教授。我看得出来他也不开心。智力是一件令我们忧虑、给我们带来麻烦的事情——住在墙里面的时候，你总是在冰箱下面放奶酪给我们吃，那时候我们非常开心，教授。"

"也许吧，米妮。也许聪明的大脑只会给老鼠带来麻烦。对人类来说也一样，米妮。"

"但是人类……他们没办法，教授。人类生来就很聪明。如果老鼠应该聪明的话，他们就应该像人类一样生来就聪明，不是吗？"

教授叹了口气。"也许你是一只比米奇还要聪明的老鼠。我很担心他，米妮……看，他回来了！"

那是一只灰色的小老鼠，身上大部分白色颜料都被蹭掉了，剩下的那些颜料也沾上了灰，和他本身的灰色皮毛一个颜色。他静悄悄地沿着墙根走着。

他猛地一冲，跑进了踢脚板上的老鼠洞里。

"米妮，是他，他成功了！现在我要用捕鼠笼抓住他，这样我就可以把他放到桌子上，放到机器旁边——等下，不用这么麻烦。仪器对墙后面的米奇也有效果。启动仪器吧，然后……"

"再见，教授。"米妮说。她把手伸向那台仪器，教授发觉她要做什么时已经太晚了。

"吱！"

桌子上只是一只灰色的小老鼠，疯狂地跑来跑去，想寻找下去的路。桌子中央有一台小小的复杂仪器，短路了，永远无法再生效了。

"吱！"

教授轻轻把她捧了起来。

"米妮，我的米妮！是的，你说得对。你和米奇这样生活会更开心。但你要是能多等一会儿就好了。我本来还想和他再聊一次，米妮。但是……"

教授叹了口气，把灰老鼠放到了地板上。

"好吧，米妮，现在你可以去找你的米奇……"

但教授的指示太晚了，而且很没必要，就算米妮能听懂也没必要。灰色的小老鼠跑得飞快，像一道灰色的流星，冲进了踢脚板上的鼠洞。

然后，教授听到了，从墙壁深处隐蔽的黑暗中，传来了两声轻巧的、快乐的吱吱声……

捧 读 文 化
触及身心的阅读

致未来文学
To the Future Literature

出 版 人　古　莉

出 品 人　张进步　程　碧

责任编辑　姜朝阳

特约编辑　王敬波　陆半塘

装帧设计　仙境设计

内文排版　博雅书装